戦場の外交官

杉原千畝（すぎはらちうね）

櫻田 啓

PHP文庫

○本表紙図柄＝ロゼッタ・ストーン（大英博物館蔵）
○本表紙デザイン＋紋章＝上田晃郷

戦場の外交官　杉原千畝（すぎはらちうね）◎目次

戦場の外交官　杉原千畝（すぎはらちうね）

プロローグ

戦争の足音が聞こえてきた。

地球上の人類が経験したことのないほどの大きな足音だ。

大正三年（一九一四）から七年まで、ヨーロッパを舞台にした世界大戦争（第一次世界大戦）が終わり、ドイツを中心とする中央同盟国が、イギリスを中心とする連合国に敗れた。

この戦争は、ヨーロッパ各国が抱える複雑な国情と同盟関係、連合関係というバランスの中で、「サラエボ事件」をきっかけにその不安定なバランスが崩れ、一気に大戦へと発展した。

連合国はイギリス、フランス、ロシア、イタリアが中心だったが、のちにアメリカ、日本、中華民国（中国）なども参戦した。

一方の同盟国は、ドイツ帝国、オーストリア＝ハンガリー帝国、オスマン帝国、ブルガリア王国などで、戦線はヨーロッパを主戦場に、アフリカ・中東・アジア・太平洋・大西洋・インド洋まで拡大し、一千万人以上の尊い命が失われるという甚大（じんだい）な惨禍（さんか）をもたらした。

結局、この大戦によって戦勝国も敗戦国も莫大な戦債を抱え込むことになり、参戦国の大多数において著しい国力の低下を招くことになった。

中でも、敗戦国のドイツはパリ講和会議で結ばれたヴェルサイユ条約によって、連合国側に対して三百三十億ドル（千三百二十億金マルク）の賠償金支払いを求められた。

のちのローザンヌ会議で三十億金マルクまで引き下げられたが、それでもドイツ経済は完全に破綻することになった。

大正八年（一九一九）、そのような状況の中で、ドイツには労働者党という政党が誕生した。

この政党こそ、かの「ナチス」の前身であり、二年後の一九二一年七月二十九日には、アドルフ・ヒトラーが「ナチス党」と改称された党の党首に就任した。

第一次世界大戦後、アメリカだけが突出した経済発展を遂げていたが、ニューヨーク・ウォール街では「暗黒の木曜日」、「悲劇の火曜日」と呼ばれる株価暴落に端を発する経済不安が起こり、昭和四年（一九二九）に起きたウォール街の大暴落の影響は、大戦の疲弊から立ち直っていない世界中の国々を襲った。いわゆる世界大恐慌の始まりである。

オーストリアの大銀行である「クレジットアンシュタルト」が倒産したのに続き、ドイツの銀行「ダナート」が閉鎖し、世界中に銀行倒産の連鎖を生んだ。

日本もその例外ではなかった。

大正三年、日本は「日英同盟」に基づき、イギリスの要請を受けて、ときの大隈内閣がドイツに宣戦布告し、アメリカとともに連合国側についた。

しかし、外務大臣の加藤高明が陸軍の派兵に断固反対し、海軍をインド洋に展開して、イギリス、フランスの輸送船団や兵員輸送船の護衛任務に貢献するにとどめた。

それでも、戦後処理によって、日本はドイツが持っていた中国山東省の権益を得、さらにドイツの植民地であったパラオ諸島やマーシャル群島の統治権を得て戦勝気分に包まれていた。しかし昭和四年、日本もたちまち昭和金融恐慌の渦に飲み込まれた。

財政基盤を繊維製品の輸出に頼っていた工業後進国の日本は、各国による関税引き上げ策によって経済が立ち行かなくなり、失業者があふれて、国民の暮らしはどん底に陥った。

このため日本は、中国や東南アジアに活路を求めることになるが、この大陸政策がのちに行き詰まり、日本を悲劇へと包み込んでいくのである。

一方のドイツは、失業率が四十パーセント以上になり、深刻な経済状況に陥っていた。

敗戦によってすべての植民地を失い、そのうえヴェルサイユ条約によって軍備を厳しく制限されたドイツ国民の屈辱と辛酸はピークに達しており、その矛先は政府に向けられた。

そんな状況を打開するため、ヒンデンブルク大統領はブリューニング首相を解任し、ナチスのヒトラーを首相に任命した。

ヒトラーは、共産主義を警戒する伝統的保守主義者たちの支持も得て、昭和八年（一九三三）にはヒトラー内閣が誕生した。

過激な口調で強いドイツの再編を煽るヒトラーに、ドイツ国民は希望を託したのである。

中でも、公共事業を促進して雇用を確保し、国民生活の向上をはかるという「アウトバーン計画」は、強いドイツの再生計画として国民の目には魅力的に映り、ヒトラー率いるナチスは国民の熱狂的な支持を得た。

ついにヒトラーがドイツの救世主となったのである。

そのヒトラー内閣は党是として反ユダヤ主義を掲げた。

ヨーロッパ、とりわけキリスト教圏においては、古来ユダヤ教やユダヤ人に対する反感が根深い。

それは、イエス・キリストを救世主として認めなかったユダヤ人に対する宗教的反感である。

ヒトラーはユダヤ人を「劣等民族」と決めつけ、ユダヤ人に対する迫害政策を打ち出した。

ユダヤ人の経営する商店、ユダヤ人医師の病院、弁護士、教師のボイコット運動が全国的規模で広まり、国政に携わっていたユダヤ人官僚も職場を追放されるようになった。

もともとユダヤ嫌いだったドイツ国民は、ヒトラーの唱えるアーリア人（ドイツ人）の優生民族思想に共鳴し、反ユダヤは圧倒的多数の国民に支持されたのである。

ドイツをアーリア人のみの純潔な国にすると訴え、明確な「敵」を国民に植え付けて結束させるという、ヒトラーのプロパガンダが功を奏したのだ。

やがて、ドイツは経済力、軍事力を回復し、「強いドイツ」が再び蘇った。

そうなると、ヒトラーの純血主義思想は反ユダヤにとどまらなくなった。ドイツ人こそがヨーロッパを統治すべきであるという、ドイツ帝国によるヨーロッパ支配、すなわち領土拡大のための他国侵略政策を再び展開しはじめたのだ。

他方、日本は第一次世界大戦で中国山東省の権益を得ていたが、その中国で蔣介石（しょうかいせき）の中華民国政府・張作霖（ちょうさくりん）の軍閥・毛沢東（もうたくとう）の共産党による三つ巴（みつどもえ）の内戦が勃発（ぼっぱつ）したため、山東省の権益を守ること、日本人居留民を保護することを名目に、たびたび中国に出兵した。

昭和七年(一九三二)には、満州事変を経て、満州国が建国される。満州国は、日本の関東軍の介入によって建国されたもので、万里の長城を境界線に、中国を分断した。

満州建国は、中国、アメリカ、イギリス、ソ連から強く非難され、やがて日本は孤立していくのである。

このように、ヨーロッパと中国大陸から西太平洋へと広がる二つの大きな「火薬庫」は、やがて連動爆発を起こし、燎原の火のように世界中を焼き尽くしていくことになるのである。

ところで、明治三十五年(一九〇二)に結ばれた「日英同盟」は、アメリカにとってはまことに都合の悪い条約だった。

ヴェルサイユ条約によって得た日本の広大な南太平洋諸島の委託統治権と中国山東半島の権益を、アメリカは極度に警戒しはじめていた。

なぜなら、グアム島が日本の勢力圏に置かれ、さらに、アメリカ本土と植民地のフィリピンが分断されることを、アメリカは許せなかったのだ。

このためアメリカは、極東および太平洋問題に関する米・英・日の三者会議を提案してきた。この三者会議をきっかけに、他国も参加した「ワシントン海軍軍縮会議」が開かれた。

この結果、「五・五・三」条約が結ばれ、「日英同盟」はアメリカの希望どおり破棄されたのである。

「五・五・三」条約とは、米・英・日の保有する海軍力をアメリカ五、イギリス五、日本三の比率にするという、日本にとっては不平等な条約だった。

当時、戦勝五カ国の海軍力は、米・英・日の五・五・三とフランス一・六七、イタリア一・六七をもって、世界の圧倒的海軍力となっていた。

その後、イギリスのマクドナルド首相の提案により、昭和五年には「ロンドン海軍軍縮会議」も開かれた。

昭和十五年（一九四〇）一月二十六日、日米通商航海条約が失効したため、日本はアメリカに条約の更新を求めたが、アメリカは日本の中国侵略を非難して、交渉を拒否したうえに、経済制裁を加えてきた。

日本とアメリカとの間に、西太平洋の権益をめぐって、新たな緊張が一気に高まってきたのである。

この危険な状況を打開するには、日米不可侵条約の締結という外交による方法しかないと立ち上がった男がいた。外交官齋藤博である。

ワシントン海軍軍縮条約とロンドン海軍軍縮条約が失効する昭和十一年（一九三六）までに、アメリカと日本の二国間条約を結んで、初めて太平洋の安全が保障されるという信念で、齋藤は駐米大使としてニューヨークに乗り込んだ。

その齋藤は、こんな出来事にも遭遇している。

日中戦争初期の昭和十二年（一九三七）十二月十二日、中国揚子江において、日本の海軍機が米国アジア艦隊の警備船「パナイ号」を撃沈するという事件が起きた。

海軍機が意図的に攻撃したのか、誤って攻撃したのかは定かでないが、乗船していたアメリカの民間人や兵士の多くが死傷したため、アメリカの世論が騒いだ。

このとき齋藤は、本国外務省の命令を待たず、独断で全米向けのラジオ局に出向き、自（みずか）らマイクを握ってアメリカ国民に謝罪した。

この放送によって、アメリカ国民の怒りを静めることができたのである。

そんな状況の中、もう一人の外交官が、命の保証のない戦時下のヨーロッパを舞台に駆けめぐっていた。

第一章 戦争へのシナリオ

昭和十二年（一九三七）九月。

横浜港を出航する日本郵船所属の「平安丸」に、ある外交官とその家族が乗船した。

外交官の名は杉原千畝、三十七歳。

杉原はこのたびフィンランドの日本公使館勤務を命ぜられて赴任するため、アメリカのシアトルを経由してヘルシンキに向かうことになった。

同行の家族は、二年前に結婚した妻の幸子（二十四歳）と長男の弘樹（一歳）、それに幸子の妹節子の三人だった。

陸地が見えなくなると、船は太平洋の真っ只中へ出た。

どこまでも群青の海が、水平線の彼方へと続く。ときおり、どこから飛んできたのか、デッキの手すりに、渡り鳥が羽を休めた。

「パパ、いよいよね」

海を見つめていた杉原のそばに幸子が寄り添って言う。

外交官夫人としてこの先どんな生活が待ち受けているのか、一抹の不安を抱えながらも、その瞳には、これからはじまる新生活への強い希望を宿している。

「ああ、きみには苦労をかけると思うが、よろしく頼む」

「だけど、外交官って外国の大使や政治家の方々ともおつき合いするのでしょ。夫人同伴のパーティーなんかも多いと聞いています。そんな席に出て、私なんかがつとまるでしょうか」

「なーに、心配することはないさ。きみは外国語も得意だし社交的だから、普通におつき合いすればいいんだよ」

「覚悟はできていますが、やはりちょっと心配です」

海風に髪をそよがせながら、幸子が言う。

「私は外交官として日本のために精一杯がんばるつもりだが、雲行きがどうも……」

「雲行きって？　戦争でも起きるのですか」

「いや、それはわからない。でも、ヨーロッパはドイツを中心に不安定な状況だから、私の仕事は火中の栗を拾うようなことになるかもしれないね」

「火中の栗ですか……。戦争は嫌だわ」

二人はデッキの上で、外交官としてのこれからの生活について語り合った。

杉原と幸子が初めて出会ったのは、昭和十年（一九三五）一月のことだった。

高等学校の校長を務めていた父親の菊池文雄（きくちふみお）を失ったあと、東京の生命保険会社に勤めていた兄を頼って沼津（ぬまづ）から上京した幸子は、たまたま兄と杉原が親友であったため、兄の紹介で知り合った。

「杉原さんは外交官には珍しく、腰の低い人だよ」

兄はいつも幸子にそう語っていた。

幸子が杉原に初めて会ったのは、上京して間もなくの頃だった。

その頃の幸子にとって、十三歳も年の離れた杉原は、兄か父親のように思える存在だった。

「杉原さんはどうして外交官のお仕事を選ばれたのですか」

天真爛漫（てんしんらんまん）な性格の若い幸子は、好奇心からあれこれと杉原に尋ねた。

「僕は外交官になる気は少しもなかったんです。僕がなりたかったのは英語の教師でした」

「英語の教師……。それがまたどうして外交官になられたのですか？」

「実は僕、父親と折合いが悪くなって家を出ましてね」

杉原の口から家を出たという言葉を聞いた幸子は驚き、そして可笑しそうに笑った。

幸子と会えばいつも他愛のない会話だったが、外務省という重苦しい仕事場から解放されるひとときが、杉原には心地よかった。

幸子は明るく社交的で、とても聡明な女性だった。

（この女性なら外交官の妻にふさわしい）

ある日、杉原は幸子にプロポーズした。

「幸子さん、僕と結婚してくれませんか」

それは唐突だった。

「えっ！　結婚ですか？」

さすがに幸子は驚いた。

「きみなら外交官の妻として、僕を立派にサポートしてくれる。僕はそう信じています」

外交官夫人がいったいどういう立場なのか、まったく知識のない幸子だったが、すでに杉原の人柄に魅了されていた幸子は、

「私でよろしければ……」

と快諾した。

昭和十一年、結婚した二人は池袋に安い下宿を見つけて新居を構えた。

だが、貯蓄のない杉原だったから、結婚式も新婚旅行もなく、記念写真の一枚さえもなかった。

外交官という、世間の相場からすれば華々しい職業の杉原だったが、杉原の貧しさには深い訳があった。

平安丸は無事に太平洋を横断して、目的地のシアトルに着いた。

シアトルから汽車に乗ってニューヨークに着くと、そこには外務省の職員が迎えにきていた。

ニューヨークには一日滞在することになっていたから、異国の大都会を初め

て見物できることに、幸子は興奮していた。

ところが、迎えの職員が用意した車はニューヨーク港の桟橋(さんばし)へと急いだ。

「うん？　どうしたの」

杉原が尋ねると、職員は、

「間もなく出航です」

と言う。

なんと、日付変更線による時差を計算しなかった杉原たちは、日程のミスを犯(おか)していたのだ。

「そうか、時差か。外交官としては大きなミスを犯してしまったな」

杉原はそう言って笑ったが、ニューヨーク見物を楽しみにしていた幸子は、ちょっとがっかりだった。

ニューヨーク港で杉原一家が乗り込んだ船は、ドイツ・ロイド社の豪華客船「ブレーメン号」だった。

平安丸に比べると、まるで巨大なビルのような船で、総トン数は平安丸の一万一千六一六トンに比べ、五万一千六五六トンもある。

大きさ、豪華さともに、海の女王と呼ぶにふさわしく、幸子はまるで夢の世界にいるような錯覚さえ覚えた。

フィンランドのヘルシンキにある日本公使館に着任した杉原は、そこで公使代理としての任務に就いた。

妻の幸子も外交官夫人としてデビューを飾ったのである。

だが、それは決して華やかなものではなく、慣れないことへの戸惑いも多く、気苦労が絶えなかった。

それでも、生活習慣や文化の違う外国人との交流や、公使館職員との交わりの中で、幸子は少しずつ外交官夫人としての仕事を覚えていった。

それにしても、外国人のパーティー好きには驚かされたが、好奇心の強い幸子は苦痛とは思わなかった。

どちらかといえば、そういう席の苦手な杉原を、幸子は十分にフォローしていた。

それも、妹の節子が一歳の息子の弘樹の面倒を見ながら、家事一切を切り盛りしてくれたおかげである。

杉原は、得意なロシア語が生かせるからと、当初モスクワの日本大使館に赴任することを希望していたが、モスクワには行けなかった。

ソビエト側が杉原にペルソナ・ノン・グラータ（外交官待遇拒否）を発動して、杉原の入国を拒絶したからである。

外務省はライビット駐日ソ連大使を呼び出して、その理由を求めたが、ライビット大使は、

――杉原氏はわがソビエトに敵対する白系ロシア人と親交のある好ましからざる人物だ

と主張した。

白系ロシア人というのは、ロシア革命に反対したロシア人のことで、その多くは革命軍に敵対した軍人・貴族をいい、ソビエト社会主義政権によって迫害を受けた人たちのことである。

ソビエト政府によって迫害を受けたのは白系ロシア人ばかりではなく、ロシア居住のウクライナ人、ポーランド人、ユダヤ人も含まれる。

白系ロシア人に対して、ソビエト政権樹立を支援した人たちを赤系ソビエト人と呼ぶこともある。

ライビット大使から「好ましからざる人物」との烙印を押された杉原を語るには、杉原の経歴を辿らなければならない。

杉原千畝は、明治三十三年(一九〇〇)一月、岐阜県の八百津町で生まれた。

八百津町の名は「八百湊」にはじまる。

江戸期から大正期にかけて、この町は八百万の物資が交流して栄えた川湊(津)だった。

中でも、江戸時代は尾張藩の属領で、木曽川上流で切り出された木材の舟運基地だった。

祖父の頃までは「岩井」姓を名乗るサムライだったというから、杉原にもサムライの血が色濃く通っている。

名古屋の古渡尋常小学校、愛知県立第五中学校（現県立瑞陵高校）を卒業したあと、朝鮮の京城（現ソウル）に税務吏員として赴任していた父親のすすめで、京城医学専門学校（現ソウル大学校医科大学）を受験した。

厳格な父親は野口英世を尊敬しており、息子の千畝には立派な医者になって欲しいと願っていた。

ところが、当の千畝の夢は英語教師になることだったから、弁当を持って試験会場には行ったものの、白紙の答案用紙を提出し、弁当を食べて帰ってきた。

このことがあとで父親の知るところとなり、父親との折合いが悪くなったことから、杉原は単身帰国して、早稲田大学高等師範部の英語科（現早稲田大学教育学部英語英文学科）に入学した。

早稲田時代の杉原は、まわりの人たちから「変人」で通っていた。

当時、バンカラ（荒々しい言葉や行動）気風で有名な早稲田にあっても、杉原の行動は特別に変わっていた。

――破れた紋付羽織、袴姿で、ノート二、三冊を懐にねじ込み、ペンの先に小さなインク壺を結んでぶら下げたものを帽子に挟み、豪傑然と肩で風を切って歩くのが何より愉快だった

と自身が回顧しているから、相当に目立つバンカラ学生で、周囲には変人、奇人と映ったのであろう。

ところが、父親の意に反する進学はたちまち苦境に立たされた。家から仕送りがなく、新聞配達などのアルバイトでなんとかしのいでいたが、それにも限界があり、生活苦に陥ってしまった。

そんなとき、大学図書館の掲示板に貼られていたポスターが杉原の目にとまった。それは、外務省留学生試験の案内だった。

（国費の外国留学か……）

貧乏学生の杉原にとっては活路を見つけたようで、とても魅力的だった。

同じ岐阜県の大先輩に広瀬武夫（大分県竹田生まれ）という英雄がいる。

日露戦争で戦死した海軍軍人で、子供の頃はその人を讃（たた）える「広瀬中佐の歌」という唱歌をよく口ずさんでいた。

その広瀬もまた海軍大尉（だいい）のとき、ロシアに官費留学している。

（官費留学なら飯も食えるだろう……）

食うや食わずの赤貧に悲鳴をあげていた杉原は、

（よし！　受けてやろう。官費で英語が学べるなら……）

と、受験を決意した。

その日から図書館にこもり、ロンドンタイムズやデイリーメール紙を閲覧し、受験勉強に没頭した。

留学生試験の受験科目は法学、経済、国際法のほかに、外国語二科目という難関だったが、杉原はこれを制して見事合格した。

大正八年（一九一九）十月。

杉原は日露協会学校（のちのハルビン学院）という外務省所管の専門学校に、早稲田を中退して入学したが、専攻したのは英語ではなくロシア語だった。

なぜなら、このときの募集に英語、独語、仏語はなく、ロシア語科だけだったからだ。

英語が勉強できないことを知った杉原は、受験をやめようとも考えたが、試験監督官から言われた、

「杉原君、これからの日本にとって重要なのはロシアだよ」

この一言で受験を決めた。

この学校は、日露協会が対ロシア（ソ連）の経済人を養成する目的で、満鉄総裁後藤新平（ごとうしんぺい）の提唱により、文部省令に基づく外国語専門学校として設立されたものである。

満州（まんしゅう）に渡り、ハルビンにある学校に入学した杉原は、異国情緒に満ちあふれた大都会の国際都市ハルビンに、驚きと興味を抱いた。

途中、陸軍に志願し、陸軍少尉（しょうい）として京城府龍山歩兵七十九連隊に入営した（一年志願兵）のち、退役して、大正十三年三月、日露協会学校特修科をトップの成績で卒業した。

卒業と同時に外務省書記生に採用され、ハルビン総領事館の二等書記官兼一等通訳官に抜擢（ばってき）されて、外交官への道を歩みはじめることになった。

杉原はロシア語のマスターが早く、その正確さと堪能（たんのう）さには、総領事から折り紙つきの評価を受けるほどだった。

ハルビン総領事館時代に杉原がまとめたおよそ六百ページにおよぶ『ソヴィエト聯邦國民經濟大觀』という論文は、本国外務省の高い評価を受け、ソ連経済に関する貴重な本として出版された。

杉原は二十六歳にしてソビエト問題のエキスパートとして頭角をあらわしたのである。

その二年後には、母校の日露協会学校の講師にも就任した。

杉原の担当授業はロシア語の文法・会話・解読、ソ連の政治・経済・時事だったが、杉原の講義を受けた学生は、

――杉原先生のロシア語の力は、日本人講師陣の中でずばぬけていた

こう証言している。

昭和七年（一九三二）三月一日。

柳条湖事件に端を発した満州事変のあと、関東軍が力ずくで満州を独占すると、その地に、中華民国から独立した満州国が建国された。

この国は、清王朝最後の皇帝である愛親覚羅溥儀を皇帝に仰ぎ、「大日本帝国と不可分的関係を有する独立国家」として位置づけられた。

当然のように、中華民国やアメリカ、イギリス、ソ連からは国家として認められず、猛反対された。

関東軍は、それまでロシア（ソ連）が持っていた東清鉄道の権益譲渡をソ連に求めた。

当初、猛反発していたソ連は態度を和らげ、日ソ両国の共同支配を主張していたが、最終的には六億二千五百万円で全面売却を通告してきた。

ソ連との交渉は、満州国政府外交部のロシア科長に出向していた杉原が担うことになった。

杉原は、ソ連側が要求してきた譲渡金額に不審を抱き、鉄道および付帯施設の周到かつ徹底した調査を行い、その結果をソ連側に突きつけた。

杉原の執拗な調査追及にソ連もとうとう音をあげ、当初、六億二千五百万円を要求していたソ連側が、一億四千万円という低価格で妥協した。

これは杉原の外交手腕によるもので、日本の外交勝利だった。

外務省の作成文書には、

——北清鉄道譲渡交渉の成功は、満州国政務課長として交渉に当たった杉原書記生の有力な働きによるものである

と記されている。

青年外交官杉原千畝の活躍が目に浮かぶようである。

杉原は、ソ連の迫害を逃れてハルビンに避難していた白系ロシア人女性のク

ラウディア・セミョーノヴナ・アポロノワという女性と知り合い、ハルビンの小さな教会で結婚した。

彼女との出会いは教会だった。

杉原は早稲田の学生時代に、大学構内にある早稲田奉仕園（現早稲田教会）に所属して、キリスト教に出会っていた。

ハルビン時代には、ロシア正教の洗礼を受けて正教徒となっている。洗礼名は「セルゲイ・パーヴロヴィッチ」だ。

このあたり、前に述べた広瀬海軍中佐とよく似ている。

広瀬は留学生として、ロシアのサンクト・ペテルブルクにある日本大使館を拠点にロシア語を学んでいたが、やがて武官補としてロシアの社交界にデビューした。

広瀬の紳士的な人柄はたちまちロシア人たちを虜（とりこ）にした。

そのうち、ロシア人貴族で海軍高官の娘アリアズナ（アナトーリエヴナ・コワリスカヤ）と恋仲となったが、日ロ関係が悪くなり、広瀬は帰国命令を受ける。

日本とロシアが戦争に突入すれば、アリアズナと結婚して彼女を日本に連れ帰ることはできない。

敵国出身の彼女の身に、どんな災難が降りかかるかわからないから、二人は生涯の夫婦を誓い合って別れた。戦争が終われば必ず迎えに来ると言い残して……。

その広瀬は日露戦争に従軍し、旅順港閉塞作戦中、壮烈な戦死を遂げてしまった。

広瀬はロシア正教の洗礼を受けなかったが「ターラス・イヴァーノヴィッチ・ヒロセ」は、広瀬が自分でつけたロシア名である。

杉原の生き方が広瀬に似ているというより、むしろ杉原は広瀬のうしろ姿を追っていたような気がする。

広瀬もまた、周囲からは「変人」「奇人」と見られていた。

なぜなら、徹底したサムライ教育を受けて育った広瀬は、出世やお金には無頓着で、海軍軍人として、まるで求道者のような生き方を貫いた人だったからだ。

満州国が建国され、関東軍の力が強まっていく中で、ソ連との東清鉄道譲渡交渉を成功させた杉原の非凡な能力に目をつけた人物がいた。関東軍の橋本欣五郎大佐である。

ある日、橋本大佐に呼び出された杉原は、破格の金銭的条件で関東軍のスパイになるよう強要された。

杉原は橋本の要求を拒否したが、橋本は執拗に迫った。

それでも拒否し続ける杉原に、業を煮やした橋本は、

——杉原の妻クラウディアはソ連のスパイである

という、事実無根の話をでっちあげ、これを流布した。

満州国は、実質関東軍によって支配されているから、満州国政府外交部にも籍を置く杉原が、関東軍の要請を拒否することは、満州国にはとどまれないことを意味する。

杉原は外交部を辞職し、日本に帰国することを決意した。

その理由を杉原自身はこう述べている。

――驕慢、無責任、出世主義、一匹狼の年若い職業軍人が充満する満州国への出向三年の宮仕えがホトホト厭になった

妻のクラウディアにも、これ以上の被害がおよぶことを心配した杉原は、これまでの蓄えをクラウディアとその一族にすべて渡し、無一文で日本へ帰ってきたのである。

杉原にとって、満州国政府外交部の生活はほんとうに嫌だったのであろう。

――この国（満州国）の内幕が分かってきました。若い職業軍人が狭い了見で事を運び、無理強いしているのを見て厭になった

とも述べている。

日本に帰国した杉原は外務省に復帰したが、結局はソ連と関東軍の双方から「好ましからざる人物」との烙印を押され、ソ連大使館勤務を忌避(きひ)されてしまったのである。

杉原は憤慨(ふんがい)している。

――私は白系ロシア人と政治的に接触したことは一度もなく、むしろ東清鉄道譲渡交渉に当たっては、情報収集や調査のため赤系ソビエト人とひんぱんに接触した。満州外交部に出向してからは、そのことをもって共産主義者の嫌疑をかけられ、はなはだ迷惑した

と。

外交部員として当然の働きをしたことにまで、意図的な嫌疑をかけられた杉原の無念の思いである。

憔悴(しょうすい)と赤貧のうちに帰国した杉原がめぐり合ったのが、幸子だった。

第二章　ワシントンの桜散る

昭和十四年（一九三九）二月二十六日。

駐米大使の齋藤博が、ワシントンで病死した。満州事変後に悪化した日米の関係修復に尽くし、衝突回避に命を削って取り組んでいた最中、道半ばにしての無念の死だった。

齋藤は、昭和九年（一九三四）、四十八歳で駐米大使に就任した。日中戦争初期に起きた、日本の海軍機による米艦「パナイ号」攻撃事件のときは、全米に向けたラジオ放送で、平和的解決を訴え謝罪したことは有名である。

齋藤の父祥三郎も外務省の官吏だった。語学力に卓越した人で、日露戦争前後を通じ、英・米系の外交文書のほとんどが、齋藤祥三郎のデスクを通して、外務大臣小村寿太郎の手に渡っていたという。

その子齋藤博もまた、父のあとを追って外務省に入り、外交官補として二十五歳のときに初めて駐米大使館勤務となった。明治四十三年（一九一〇）の暮れのことである。

二十世紀初頭のアメリカは、活気に満ちあふれていた。

そのとき齋藤が抱いたアメリカの印象は、

――とてつもなく大きい国。日本よりも、はるかに大きい

というものだった。

齋藤は、内田康哉(うちだこうさい)大使に連れられて大統領府を訪ね、ときの大統領ウイリアム・ハワード・タフトに就任の挨拶をした。

タフトの前任者セオドア・ローズベルトは、日露戦争終結の斡旋(あっせん)をはかってくれた人として、日本にも馴染(なじ)みの深い人物である。

そのローズベルトが、タフトへの事務引き継ぎ文書の中で、対日政策について触れている。これは、大統領秘密文書でもある。

――わがアメリカにとって、対日政策の最も重要なポイントは、日本人を、日本人わが国に決して近づけないように用心することである。同時にまた、日本人

の善意と歓心とを、たくみに保っておくことも、当然必要である。しかし、満州と朝鮮で日本人にとって最も関心の強い国際問題はアメリカではなく、満州と朝鮮であることを認識すべきである。

満州について、日本人の、これまで以上の侵略を抑止する手を打つ場合、われわれアメリカ人の特に注意すべき点を申し上げる。それは、われわれアメリカ人が、日本人に対して敵意をもっているとか、日本の経済的理由に対して脅威を与えるとかいったことのないよう注意することである。

それがいかほどに些細なものであるにせよ、めったに触れないことが肝要である。日本人に対しては、国内問題にしても国際問題にしても、こけ威しの政策というものは全然通用しない。

日本人の好き勝手な振る舞いをやめさせることは、アメリカが、日本人と戦争する準備のできていない限り、不可能である。

日本と争って、アメリカが勝算のある戦争準備をするには、わが陸海軍は、大英帝国の艦隊とドイツの近代化された陸軍とを合わせ集めるほどの、強大な軍隊が必要になることを覚悟せねばならないローズベルトは、日・米の辿る運命を、驚くほど明確に見抜いて警鐘を鳴らしていた。

それから二十四年後、齋藤博が大使としてやってきたアメリカは、ローズベルトの警告とは逆の道を辿り、日米の関係は極めて悪化していた。

齋藤の着任に、アメリカの新聞は、

――あの外交官補のサイトーが、大使としてやってきた

と歓迎記事を掲載し、当時齋藤が下宿していた家の主婦のインタビュー記事を紹介している。

主婦の目に映った若き日の齋藤が、朝早く起きて、大使館に出勤する前に語学の勉強に打ち込んでいる姿だった。主婦にとって、サイトーが日本人であることを忘れさせるほど、サイトーの日本語を聞いたことがないという。

齋藤の父祥三郎の口癖は、「外国語は発音がすべてだ」だった。

そのため、休日には、ノートにびっしりと英語の作文を書き、これを流暢な発音で朗読し、家族に意見を求めたりもした。

主婦が言うには、

――サイトーは何をして遊んでいるのか、想像がつかないほど、とにかく英語の勉強に打ち込んでいた

らしい。

それでも、外務省の六期先輩である松岡洋右に言わせると、

――齋藤の多趣味多芸ときたら、まったく芸人も顔負けだ。歌うは踊るは、謡曲もやれば都々逸も即座に作る。ダンスは外人はだしだし、漢詩も作れば俳句も堪能。書もうまいし文章も流麗である。和洋両刀、できないことは何一つない天下の才物。そのうえ酒もなかなか強い

と、齋藤の人物像を端的に語っている。

アメリカの新聞ばかりではなく、ホワイトハウスも齋藤の大使就任には好感をもって同意を与えた。

フランクリン・D・ローズベルト政権一年目のアメリカは、ようやく大恐慌から抜け出すことに成功していた。

反対に日本は、暗い時代に向かいつつあるのではないか、という観測が欧米の識者の話題となりはじめていた。

齋藤は就任間もなく、友人の原田熊雄男爵に、駐米大使としての決意とも思える手紙を、着任挨拶として届けている。

――僕は、いまこの手紙を大使のデスクで書いている。さし当たって、今、僕の頭を占めている最大の課題は、この次の軍縮会議だ。きみとも東京で話し合ったように、日本は米・英に、パリティ（等価性）の原則を認めて貰うことが、やはり、ベストだと思っている。海軍の山本五十六さんともよく話をし、この際思い切った提案を、米・英にするべきだと思う。僕は日本の提案として「潜水艦の全廃」「主力艦の全廃」「空母の全廃」「巡洋艦航空装備の全廃」を主張すべきだ、と考えている。海軍の戦力上の不安感はわかるんだが、それ以上に大きい要素として、国力全体の不安感を、海軍当事者が忘れてもらっては困る。海軍軍備だけでは、到底、日本を守りきれるもんじゃあるまい。

僕は、こんど、早いうちに機会を作って、ローズベルト大統領と直接談判してみるつもりだ。奴さんが何を考えているのか、このハラをぶち割って懇談してみる。そのときに、政府および軍部とも十分な打ち合わせをしてみたいと思う。

僕の提案は、きみにも話したことがあるが、日本とアメリカの同盟条約案だ。日・英同盟が打ち切られてからというもの、やはり僕ら外交官にとっては、同盟国のない外交交渉ほど、やりにくいことはないのだ。力のバランスがとれない、といった単純な力学だけではない。日・英同盟終了後のブランクは実に大きい。英語国民の対日感情の微妙な変化が、今後の外交に、さら

に重大な影響を与えるだろうということだ

齋藤はこのとき、一発の弾丸をも撃ち合うことなく、「外交」によって太平洋の和平を保障しようと考えていた。

──ワシントン条約とロンドン条約が終了になる、昭和十一年暮れまでに、日本とアメリカだけの、二国間条約を作って、初めて太平洋の安全が保障される

というのが、齋藤の主張だった。

その齋藤が、ローズベルト大統領と会談する機会がやってきた。

二人は、若い頃から軍縮会議などで同席し、互いに認め合った仲である。アメリカ駐在の各国大使の中にあって、ローズベルトと齋藤は「友人」として認識されていた。

ニューヨーク州ハイドパークにある大統領の私邸一階の居間で待っている

と、驚いたことに、大統領は召使いも伴わず、車椅子に乗ってエレベータで降りてきた。

齋藤は椅子から立ち上がって、おじぎをしながら大統領を迎えた。

「やあ、久しぶりだね。遠いところをようこそ。どうぞ、掛けたまえ」

大統領は、ホワイトハウスの執務室と同様に、陽気で明るかった。

二人はソファーに腰をおろし、テーブルごしに向かい合って座った。

大統領　私は以前から理解できなかったんだが、日本はいったい陸軍国なのかね、それとも海軍国なのかね。

齋藤大使　大統領閣下、もちろん日本は陸軍国であります。

大統領　なるほど。しかし大使、小さな島国を守るために、日本は陸軍国にならねばならぬほどの大陸軍がいったいなぜ必要なのかね。

齋藤大使　閣下、それが日本の背負っている宿命とでも申しましょうか。日本は、ソビエトの脅威を常に感じております。南北の樺太は地続きで、日ソ両国が国境を接しております。さらに、狭い日本海を挟んで広大なソ連領と相対しているわけであります。

召使いが日本茶を中国製の陶器に淹れて運んできた。

日本茶の香りが部屋に漂い、齋藤は大統領の心遣いにリラックスした。

大統領　なるほど。ではもう一つ尋ねるが、日本は太平洋を隔てたアメリカの脅威を感じることはないのかね。

齋藤大使　率直に申し上げます。日本は常に大統領閣下の、アメリカ海軍の脅威を感じている次第であります。

大統領　なるほど。大使、アメリカはきみもご存じのように、イギリスとともに海軍国をもって任じている国だよ。

齋藤大使　偉大なる海軍をお持ちでございます。

大統領　と、すると、日本はソ連の陸軍とアメリカの海軍とに対抗するだけの軍事力を持とうとしている、とでも言うのかね。

齋藤大使　一国が陸海軍の軍事力において、世界一流レベルに到達するという目標は、到底その負担に耐えることのできない計画だと思います。

大統領　同感だね。十三年前のワシントン会議には私も大使も出席したが、あれは立派な軍縮会議だったよ。

齋藤大使　私にとりましては、あの会議で初めて大統領閣下にご面識を得ることができました。

大統領　ワシントン体制は、ヴェルサイユ会議以降に発生していた日本とアメリカの軍事的緊張を取り除いた、と私は思っているのだがね。

齋藤大使　そのとおりであります、閣下。

大統領　しかし、聞くところによると、日本の海軍はこの条約の存続を欲していないと言っているそうだが、ほんとうなのかね。

齋藤大使　閣下、ワシントン条約はまことに立派な平和外交でありました。しかし、あのあとアメリカがイギリスに日英同盟の廃止を決定させたのは、アメリカ外交の大きな失敗であった、と私は思っております。

大統領　ほう、どうしてかね？

齋藤大使　日英同盟廃止の結果、日本海軍は英国との協調路線を放棄いたしました。そして、アメリカとの有事に備えて軍備の充実を深刻に願うようになったのであります。

大統領　しかし、日英同盟が続いていても、イギリスが日本海軍と一緒になって、アメリカに宣戦布告をするなんてことはあり得ないよ。

このとき、ローズベルトは愉快そうに切り返した。つまり、アメリカの本音はそこにある。アメリカとイギリスは親密なる兄弟国なのだ。

明治三十五年（九〇二年）に結んだ「日英同盟」は、ロシアやフランスに対抗するためのものであり、アメリカに対しても効力を期待するのは、日本の幻想でしかなかったのだ。

今や世界の趨勢（すうせい）は大きく分けて、アメリカ・イギリス・中国の連合国陣営、日本・ドイツ・イタリアの枢軸国陣営、そしてソ連。この三つの対立軸が鮮明になりつつあり、予断を許さない状況になってきた。

齋藤大使　閣下、五・五・三という比率は、五プラス五プラス三、すなわち十三の海軍力を総合して、七つの海の制海権を米・英・日の三つの海軍国で支配して世界の平和体制を維持する。そこに狙(ねら)いがあった、と理解しております。

つまり、米・英・日三国の、共通目的の達成を、五・五・三で負担する、ということでありました。ところが、日本海軍の一部におきまして、日本が三の海軍力では均衡(きんこう)を取り得ないという意見が、ロンドン会議以降急激に台頭(たいとう)しはじめているのであります。すなわち、米・英の海軍「五」に対し、日本海軍も「五」で対抗するという、これまでは思いもつかなかった発想であります。それはまさに、ワシントン体制の破壊であり、日本の破滅につながる考え方なのであります。

大統領　そのとおりだよ、サイトー。しかし、日本海軍部内の問題に、アメリカ大統領は干渉し得ない立場にあると思うがね。

齋藤大使　いや、閣下、まさにそこがポイントであります。この際、アメリカと日本は「新・ワシントン体制」とでもいうべき二国間条約を締結し、太平洋の平和を維持すべきである、と私は大統領に提案いたします。

大統領　もっと続けたまえ。

齋藤大使　日本がヴェルサイユ会議で得ました南洋諸島の経線東端を境にしまして、太平洋を東西に分かちます。すなわち、アメリカ圏と日本圏に分かち、両国の協調体制のもとに太平洋の平和を確立するという考え方であります。

大統領　ほう。その考えで、日本海軍がまとまる見込みはあるのかね。

齋藤大使　閣下、私は米国駐在全権大使として発言いたしております。

大統領　よろしい大使。しかし、現在の日本で、シビリアンの政府による陸海軍のコントロールが、ほんとうにできると、私は信じていいのかね。

齋藤大使　閣下、もちろんです。日本政府の名誉にかけまして。

大統領　では、信じるとしよう。しかし大使、きみのその大胆な提案を、私は受け容れるとしてもだね、まず、親愛なるハル国務長官にも伝えて欲しい。そして、ハル君ときみとで充分協議することをお願いする。

二人はこうして会談を終えた。

二人の会談内容は、当時の日米関係を如実に示すものである。

ところが、国務長官のハルは、ローズベルトから検討を命じられた齋藤の提案が、ひとたび上院議員たちの討議にかけられれば、たちまち葬り去られるだろうことをよく承知していたから、齋藤の提案文書は、ハルのポケットにしまい込まれた。

しかも、ハル長官自身が、

──日本はアメリカと同盟を結び、そのうえで、中国を日本の意のままにしようとしていると、感じ取ったのである。

昭和十二年(一九三七)六月四日、日本では近衛内閣が誕生した。だが、その直後の七月七日、盧溝橋事件が勃発し、これが日中戦争の導火線となった。

昭和十三年(一九三八)二月には、「国家総動員法」の法案が提出され、三月成立、四月公布、そして五月には施行され、日本はいよいよ戦時体制を強めていった。

近衛内閣は、軍部の圧力に押され、政策を次第にドイツ寄りにシフトした。米・英を仮想敵国と見なすようになると、日本とアメリカの関係は一段と悪化した。

齋藤は、日本を戦争の災禍から救うには、「日米不可侵条約」の締結しかないとの信念から、あらゆる工作を試みたが、近衛は齋藤の「私案」をついに葬り去った。

やがて齋藤は病魔に冒される。

「僕は、今日まで日米の関係をよくしようと願ってきた。努力もした。しかし、できなかった。これからもだめだろう……」

昭和十四年二月二十六日、齋藤は精根の尽きる思いで日本、米国、中国の前途を憂(うれ)いながら、ワシントンの桜の下で亡くなった。

齋藤の死は、ラジオ放送でアメリカ国民に知らされた。

翌二十七日通夜(つや)、二十八日告別式が、日本大使館で行われた。

葬儀には、ローズベルト大統領夫妻から弔辞と花環が届けられた。前駐日大使のキャッスル夫妻やリンゼイ英国大使、在ワシントンの各国大使など三百数十名が参列した。

大統領夫妻は葬儀には参列しなかったが、葬儀後、大統領夫人はショーラムホテルに齋藤未亡人を訪ねて、弔(とむら)いの言葉を伝えた。

また、ハル国務長官は、

――日本とアメリカとの友情の危機に際して、サイトーが重病の身をかえりみずに、危機回避のため身命をすり潰(つぶ)したのが原因ではないだろうか有能な外交官の死を惜しんで、こう述べている。

齋藤の死は日本にとって大きな損失だった。

齋藤の初盆に、海軍次官の山本五十六と貴族院議員の原田熊雄が誘い合って、代々木(よよぎ)の齋藤家を訪ねた。

「齋藤君と私は長岡(ながおか)で初めて出会いました」

山本は齋藤未亡人に語りかけた。

「齋藤君と私とが長岡で一緒に夏を過ごしたのは、日露戦争のはじまる前の年ですから、ずいぶんと昔の話です」

山本はなつかしい思い出を未亡人に話して聞かせた。

山本と齋藤の出会いは、長岡中学のグランドだった。

当時、山本は海軍兵学校の生徒、齋藤は学習院(がくしゅういん)高等科の生徒だった。

二人の共通の趣味は「野球」だった。二人とも夏休みを利用して長岡に帰郷していた。

そのとき二人は、長岡中学の野球部からそれぞれコーチを依頼されたのである。

齋藤は山本より二歳年下であるが、長岡で過ごした四、五日で、二人はすっかり意気投合し、親しくなった。

山本は長岡の武家の生まれ、齋藤は岐阜で生まれたが、齋藤の実家は山本家と同じく長岡藩のサムライだった。

そんな縁で、齋藤はたびたび長岡を訪れていたのである。

「旧盆には、長岡に分骨したお墓に、子どもたちを連れて墓参いたします」

未亡人が山本に言った。

「そりゃあいい、時間がとれれば私も長岡へ帰って、お嬢さんたちに長岡の町を案内してあげましょう」

山本はそう言って笑ったが、山本のこの思いはついに叶(かな)わなかった。

八月三十日、山本五十六は、連合艦隊司令長官に補任(ぶにん)された。

だが、八月二十三日には、日本と「防共協定」を結んでいたドイツが、日本

に前ぶれもなくソビエトとの間に「独ソ不可侵条約」を結んだ。このため、二十八日には、

――欧州の天地は複雑怪奇

という、かの名言を残して、平沼騏一郎内閣は総辞職した。

平沼内閣は、陸軍が推進する「日独伊三国同盟」の扱いをめぐって悩んでいたが、結局はドイツの〝裏切り〟によって政権を放り出した。

「日独伊三国同盟」に最も反対していたのが海軍大臣米内光政、次官山本五十六、軍務局長井上成美の〝海軍トリオ〟だった。

なぜなら、日独伊三国同盟の目的はソ連を仮想敵国とする防共協定にあったが、一方ではアメリカを仮想敵国とする目的もあった。

アメリカを敵に回すことに、米内らは猛反対したのだ。

内閣総辞職を受け、米内は軍事参議官へ、山本は連合艦隊へ、井上は支那方面艦隊参謀長へ、それぞれ中央のポストを去っていった。

九月一日、山本は和歌之浦（わかのうら）に停泊中の連合艦隊旗艦「長門（ながと）」で着任式をすませ、副官の藤田元成（ふじたもとしげ）中佐と白浜（しらはま）の温泉に浸（つ）かっていたちょうどその頃、ヒトラーのナチス・ドイツが突然ポーランド領内に電撃的な侵攻をはじめたのである。

九月三日には、イギリスとフランスがドイツに宣戦布告し、ソ連もポーランドに侵攻した。ついにヨーロッパの火薬庫に火がついた。第二次世界大戦（ヨーロッパ戦線）のはじまりである。

第三章
流離の民

北欧の寒さにもようやく慣れた昭和十四年（一九三九）七月、杉原のもとへ本国の外務省から訓令が届いた。

リトアニアの首都カウナスに日本領事館を開設し、領事代理として赴任せよというものだった。

前年の十月には二男の千暁がヘルシンキで生まれた。

外務省の命令は突然だったから、一家五人はあわただしく荷物をまとめ、カウナスへと向かった。

直後、ドイツとソ連がポーランドに侵攻し、ポーランドはドイツとソ連に分割されてしまった。第二次世界大戦の序幕である。

この作戦は、ドイツ外相のヨハヒム・フォン・リッベントロップとソ連外相のヴァチェスラフ・モロトフとの「独ソ不可侵条約」調印の際の「秘密議定書」によるものだった。

ドイツはその前にオーストリアとチェコを併合しており、強圧的な軍事侵攻を推し進めていた。

これに対し、イギリスとフランスがドイツに宣戦を布告していた。

杉原のカウナス行きは、バルト海に面してポーランドとソ連に挟まれたリトアニアで、ドイツ軍とソ連軍の動きを視察し、本国に知らせるという重要な任務である。

領事代理とはいっても、実質は領事であり、上司は形式上隣国ラトビアの公使だった。

杉原はもともとモスクワの日本大使館勤務を発表されていた。

杉原の理解者だったフランス大使の杉村陽太郎が、外務省に推薦の工作をしてくれていたのであるが、いずれ杉原をソ連工作に使いたいと考えていた外務省は、ソ連のペルソナ・ノン・グラータを幸いに、杉村の要望を無視した。

もし杉原が希望どおり駐ソ連日本大使館勤務となっていれば、ドイツとソ連の画策をもう少し早く摑んでいたのではないだろうか。

その杉村も七か月前に亡くなった。

杉村は百八十五センチの巨体で、講道館柔道の六段を持ち、嘉納治五郎館長にも可愛がられた人物で、フランスにおける柔道の普及にも尽力した人だった。

新しいカウナスの領事館は、静かな佇まいのカウナスの町を見下ろせる丘の中腹にあった。

三階建ての建物で、一階は家族の部屋、二階は給仕や使用人などの部屋に割り当て、杉原の執務室は地下室とした。

三階（ロフト）には、若い女子学生とその兄が間借りをして住んでいた。長男の弘樹はこの兄妹とすぐに仲良くなり、よく部屋に遊びに行った。

道を挟んだ向かいには広い公園があり、子供たちの恰好の遊び場となった。

ただ、公園の入り口に掲げられた看板に、

――ユダヤ人の使用禁止

と書かれているのは、奇異に感じられた。

外国公館が雇う現地人の中には、スパイが紛れ込むというのが世界の常識だが、杉原の雇った事務員のドイツ系リトアニア人グッジェはドイツ愛国主義者であり、給仕のポーランド人ボリスラフもまた反ドイツ系の組織に加入しているようだ。

一つの領事館の中に敵対する人間が、そ知らぬ顔をして紛れ込み、諜報員として情報収集に当たるのもまれなことではない。

ナチス・ドイツによるヨーロッパ各国への侵攻は、同時にユダヤ人に対する迫害をも強めていった。

ドイツ国内やポーランドでは「ユダヤ人狩り」が激しさを増していた。ユダヤ人たちは収容所に収監され、カポ（労働監視員）の監視のもと、強制労働につかされた。ここでは、殴り殺される人、撃ち殺される人も多く出た。

昭和十五年（一九四〇）五月、カウナスで三男の晴生が誕生して、杉原一家はにぎやかになった。

そんなある日の朝、食事を摂りながら、

「いよいよ大変なことになったよ」

杉原はふとため息をついた。

「パパ、戦争が起きるの？」

妻の幸子が不安そうに尋ねた。

この年の五月から六月にかけて、ヨーロッパの戦火はいよいよ拡大した。ドイツによってオランダ、デンマーク、ベルギー、フランスが占領された。

「いま、この国の議会はもめているんだ」

「どうしてですか」

「この国をドイツの侵略から防ぐにはどうすればいいかとね」

「こんな小さな国が、ドイツの侵略を防ぐことなどできないでしょう」

「そう。だから議会は紛糾（ふんきゅう）しているのさ。ドイツに対し徹底抗戦するか、それとも」

「それとも……」

「ソ連軍と手を組むか」

「ソ連とですか」

「この国ばかりじゃないんだ。ラトビアとエストニアのバルト三国は、いずれもソ連と国境を接し、ロシア時代から交流のある国々だから、ドイツに侵攻されるくらいなら、ソ連と同盟を結ぶべきだという意見が多いようだね」

杉原の予想どおり、やがてバルト三国はソビエトと同盟を結び、リトアニアにもソ連兵の姿が目立つようになる。

あとでわかることだが、ソ連がバルト三国に侵攻したのは、ドイツがヨーロッパの各国へ侵攻するのと歩調を合わせていたのである。

すべては、独ソ不可侵条約締結のときに結ばれた秘密議定書に織り込みずみのことなのだ。

そもそも、ユダヤと共産主義を嫌うドイツのヒトラーとソ連のスターリンとは、犬猿の仲だった。

そんな二人が不可侵条約を結んだことに世界は衝撃を受け、日本の内閣は総辞職に追い込まれたが、秘密議定書の内容は、東ヨーロッパとフィンランドをドイツとソ連の勢力圏に分けて、相互の権益を認め合うという内容だった。

杉原は、刻々と変わる東ヨーロッパの情勢変化を、外務省に報告した。

戦争の足音が現実のものとして大きく広がっていった。

そんな中でも、カウナスの町の人たちはみんな杉原一家に親切だった。

領事館の事務員グッジェと給仕のボリスラフは、諜報員や組織の人間であるということを除けば、家族にとってとても頼もしい存在だった。

ヘルシンキの頃は、外交官夫人としてのつき合いが多く、夜のパーティーに出かけることの多かった幸子だが、カウナスへ来てからは外国公館同士の交流も、厳しい情勢のためなくなった。その分、幸子は子育てや家事に専念することができた。

ソ連軍が入ってきてからは、この国の様相も一変した。リトアニアはソ連の強硬な要求に抗しきれず、ついにソ連に併合された。

そればかりか、リトアニアの大統領や高官たちは、東プロイセンのケーニヒスベルクへと亡命してしまった。

「この国はすっかりソビエトに変わってしまったよ。この領事館ももうすぐ閉めることになるだろう。穏やかないい国だったのに」

杉原は寂しそうにそう洩らした。そして、リトアニアに短い夏がやってきた。

この当時、日本政府はドイツから追放されたユダヤ人難民が、日本に避難してくる場合の取り扱いについて苦慮していた。

昭和十三年（一九三八）十月には、近衛内閣のユダヤ人難民に対する基本方針が、各国在外公館長あてに訓電された。

――ドイツにおいて排斥を受け、外国に避難する者をわが国に許容することは、大局上面白からざるのみならず、現在事変（日中戦争）下のわが国においては、これら避難民を収容するの余地なき実情なるにつき、今後はこの種避難民の本邦内地並びに植民地への入国は好ましからず。ただし、通過はこの限りにあらず

というものであり、ユダヤ人に対しては比較的柔軟な内容だった。

ユダヤ人を差別すれば、海外から非難をうけることを警戒した方針である。

だが、ナチスによるユダヤ人への迫害は日増しに激しくなり、杉原のもとに

も、

——ユダヤ人たちが各国の大使館や領事館にビザの発給を求めて殺到している
という情報が入った。

「幸子、ナチスのユダヤ人迫害が峻烈を極めているらしい。人道的にはぜったいに許されないことだが、ヨーロッパ人には伝統的にユダヤ人嫌いが多いからね」

「前の公園の入り口にも、ユダヤ人は入るべからずという看板がありますね」

「それにしても、ナチスのユダヤ人迫害は許されない行為だよ」

「そうね。同じ人間ですもの」

「そのうち、ここへもユダヤ人が押しかけてくるかもしれないよ。ビザを求めてね」

「そうなれば、パパはどうなさるの」

「そのときは、日本の領事代理として本国の指示に従うさ」

「そうね。パパは外交官として、日本を代表してお仕事なさっているんですものね」

「そう、心情的にはユダヤ人難民に同情するが、それと外交とは別だからね」

とは言ったものの、もしここへユダヤ人難民がビザを求めてやってきたら、自分はいったいどう対処するだろうか。杉原は正直、わからなかった。

昭和十五年（一九四〇）七月十八日の早朝。

表の騒がしさに目を覚ました杉原は、何事かと、カーテンの隙間（すきま）から外をながめた。

領事館の門の前に百人ほどの人だかりがしていた。

（まさか！　ユダヤ人難民たちか……）

恐れていたそのときが、とうとうやってきた。

集まった人々は疲れ果てた様子で、こちらに向かって何か叫んでいる。

中には老人や女性、子供もいる。昨夜はどこで過ごしたのだろうか。

「パパ、何がおきたの？」

起きてきた幸子が心配そうに尋ねた。

「うん、やはりユダヤ人難民のようだ。とうとうここへもやって来たね」

「どうなさるの」

「まずは、彼らの要求を聞いてみないとわからないね」

そこへ給仕のボリスラフが近づき、

「領事、私が彼らに会ってみます」

と言う。

「彼らの要求が何か、きみ、聞いてくれ」

杉原が頼んだ。

「誰も表に出てはいけないよ」

そういい残すと、軽い朝食を摂り、杉原は執務室に降りていった。

ボリスラフが門に近づくと、彼らは駆け寄ってきた。

「私はここの館員です。なぜあなた方はここへ来たのですか」

群衆に向かってボリスラフが尋ねた。

「私たちは、ナチスに追われてポーランドから逃げてきたユダヤ人です。日本領事館ではビザを発給してくれると聞きました。どうか私たちを助けてください」

「ビザをもらったあとはどうするのですか」

「モスクワからシベリア鉄道に乗って日本に行き、そこからアメリカ大陸に向かいます。ですから、どうしても日本に立ち寄るビザを発給していただきたいのです」

難民たちはすがるような目で、ボリスラフに訴えた。

ボリスラフはナチス嫌いだから、難民たちには同情的だった。

「わかりました。あなた方の要求を領事に伝えます。ですから、ここで静かに待っていてください」

ボリスラフは引き返すと、彼らの要求を杉原に伝えた。

昼頃になると、表の人数がふくれあがった。おそらく五、六百人はいるだろう。

杉原はこの状況を本国に打電して、ビザ発給の許可を求めた。

ドイツにヒトラー政権が誕生したとき、ドイツ議会は『ニュルンベルク法』という法律を制定した。

この法律は、「ドイツ人の血と名誉を守るための法律」と「帝国市民法」という二つの法律だったが、この法律によってドイツ国内のユダヤ人は市民権を奪われてしまった。

公務員や研究者、教師、芸術家たちはみなその職を追われ、商人たちもその権利を剝奪された。

昨年の十月には、一万人を超えるドイツ系ユダヤ人がドイツ国外へ追放された。ちょうど杉原がフィンランドの日本公使館にいる頃だった。

ドイツ国内ではあちこちでユダヤ人襲撃事件が起き、大勢のユダヤ人がどこかへ連行されているという噂も聞いていた。

近頃では、ポーランドに侵攻したドイツ軍が、ポーランド国内でもユダヤ人狩りを行っているというから、ポーランドに住む三百五十万人のユダヤ人は、ナチスの手から逃れようとあちこちに離散していた。

ここの領事館に押しかけてきた人たちは、北へ北へと逃れ、まだナチスの手がおよんでいないリトアニアにやって来て、日本領事館に救いを求めたのである。

門のあたりでまた騒ぎが起きた。

いつまでたっても領事館の門が開かないため、しびれを切らせた人たちが鉄柵を乗り越えようとしている。

給仕のボリスラフと事務員のグッジェが、門に駆け寄って説得したり、押し戻そうとしている。

「やめろ！ そんなことをしてはいけない。少し静かに待とう」

群衆の中からも声が飛ぶ。

杉原は、執務室にこもったきり、外に出ようとはしなかった。日本の外務省から指示を待ちながら、外の騒ぎが収まるのを待っていたのだ。

やがて夕刻が迫り、一人、二人とユダヤ人たちはどこかへ去っていった。

表の通りに街燈が灯（とも）る頃になると全員が立ち去り、あたりはようやく静かになった。

長い一日だった。一家は夕食を囲んだが、杉原は沈うつな顔をして、食事にもあまり手をつけなかった。

「パパ大丈夫？　スープくらい召し上がったら……」

幸子が心配そうに言う。

「あの人たちは、今夜はどこで過ごすのかな。食事はどうするんだろうね。幼い子供もいたようだが」

夫が何を悩んでいるのか、幸子には痛いほどわかっているから、それ以上は口をつぐんだ。

「幸子、あの人たちはほんとうに気の毒だ。でも、私にはどうすることもできないんだ」

「ええ、わかっています」

「もし、明日もまたやって来たら、私は代表者を集め、とにかく彼らの要求だけは聞いてあげるつもりだ。ビザ以外で私にできることがあれば……」

「ええ、そうなさって」

その夜、ベッドに横になっても、昼間の光景が目に浮かび、杉原はなかなか眠れなかった。

横浜港を船で出航したときから、戦局の厳しいヨーロッパでは、火中の栗を拾うような大変な仕事が待ち受けているだろうことは、杉原も予想し、覚悟していた。

だが、まさかこんな問題に直面するとは思ってもみなかった。

考えてみれば、ユダヤ人は悲劇の民族である。

ユダヤ人の歴史は、差別と迫害の歴史ともいえる。

古来、ヘブライ人（イスラエル人）は、エジプトの地が居留地だった。だが、エジプト新王国から迫害され、指導者モーゼに率いられてエジプトを脱出するという、かの有名な「出エジプト記」に描かれた神話が、最初の迫害だった。

モーゼの死後、ユダヤの民はヨルダン川を渡り、イェリコの町を征服してイスラエル王国を建国するが、ここも古代ローマ軍によって鎮圧された。

このときより、ユダヤ人離散（ディアスポラ）の歴史がはじまる。

のちにユダヤ教からキリスト教が派生し、遅れてイスラム教が派生すると、ユダヤ教徒はキリスト教徒、イスラム教徒の双方から迫害を受けるようになる。

西暦三一三年に、ローマ皇帝のコンスタンティヌス一世が、信教の自由を保障する「ミラノ勅令（ちょくれい）」を発すると、それまでローマ帝国によって弾圧されていたキリスト教はヨーロッパ各地に急速に広まっていった。

ところが、「イエス・キリストの受難は、ユダヤ人によるローマ帝国への密告が原因」と信じるキリスト教徒によって、ユダヤ教徒は差別と迫害を受けることになる。

時代が下っても、ユダヤ教徒への迫害は収まらず、一〇九五年にはローマ教皇ウルバヌス二世が「十字軍」を組織してエルサレムを奪回し、イスラム教徒とともに、ユダヤ教徒の大虐殺を行った。

さらに、十九世紀後半になると、ロシアに起こった反ユダヤ主義運動（ポグロム）はまたたく間に東ヨーロッパに広がり、各地においてユダヤ人が襲撃された。

近世、迫害を受けて世界中に離散していたユダヤ人たちの間に、シオニズム運動（イスラエル復興運動）が起きてきた。

これを嫌ったヒトラーによるユダヤ人の排斥はポグロムの延長線上にあり、「ユダヤ人狩り」と呼ばれる弾圧は、過去に例を見ないほどの峻烈さを極めていたのである。

そんなユダヤ人たちが、いま杉原のもとへ救いを求めてやって来た。

翌朝、領事館の前にはまたユダヤ人難民たちが集まりはじめた。

しかも昨日より増えて、千人ほどの人が押しかけている。

「パパ、あの人たちは食事を摂っているのかしら？」

「さあ、すでに財産も所持金も没収されているだろうから、満足な食事も摂っていないだろう。それに、ホテルに部屋をとっている人なんて少ないと思うよ」

ささやかとはいえ、三度の食事に窮することのない領事館の暮らし。

パンとスープとサラダ。それに薄切りのハムが添えられた杉原家の食卓に、一家は罪悪感さえ覚えた。

「お気の毒ね……」

妹の節子もため息を洩らした。

「パパ、外務省からはまだ返事がないの？」

「うん、いまの状況は外務省に報告しているけど、本国だって、きっとやっかいな問題だと思っているのじゃないかな。とりあえず、今日は彼らの要求を聞いてみるよ」

「そうね、そうしてあげて」

杉原は執務室に降りて、事務員のグッジェを呼んだ。

「グッジェ君、きみ、彼らのところへ行って代表者五人を、ここへ入れたまえ」

と指示した。

グッジェはナチス党員ではあったが、反ユダヤ主義者ではなかった。

杉原はグッジェが連れてきた五人の代表者と事務室で面談した。

「領事代理の杉原です。あなたがたの要望を聞かせてください」

杉原がそう言うと、代表と思われるゾラフ・バルハフティックという人物が口を開き、

「私たちはナチの手から逃れ、ポーランドからやって来たユダヤ人です」

と語った。

「ドイツやポーランドで、あなた方ユダヤ人が災難をこうむっていることは私も承知しています」

杉原は同情的に応じた。

「スギハラさん、どうか私たちを助けてください。日本領事館に行けば、日本通過のビザを発給してもらえると聞いて、私たちはここへ来ました。ビザを発給していただけますか」

「ビザを発給できるかどうかは、いま本国に問い合わせています。仮にビザを発給したとして、そのあと、あなた方はどうされるのですか」

「私たちは一刻も早くこの国を出たいのです。こうしている間も、ドイツのゲシュタポやソビエトのゲーペーウーの脅威に晒されているのです。とにかく日本まで行き、そこからアメリカ大陸に渡ります。そのためにも、日本の通過

ビザがほしいのです」

バルハフティックと名乗る男は必死に訴えた。

「五人や十人なら私の権限でビザを発給できますが、数百人、数千人となると本国の許可が必要です。あなた方の要望はよくわかりました。私は本国に許可を求めていますので、それまでは静かに待ってください」

「ありがとうスギハラさん。あなたの言うとおりにします」

そう言い残し、代表の五人は二時間にもおよぶ面談を終え、領事館の外に出た。

杉原は外務省宛に、ビザ発給の許可を求める追加の暗号電報を打った。

リトアニアにおけるソ連軍の動きを報告したのち、

――ポーランドから逃れて来たユダヤ人が、アメリカや南米に向かうため、日本の通過ビザを求めて、連日領事館に押し寄せています。ビザを発給してもよろしいかと、本国外務省にその判断を委ねた。

数日たっても、外務省からの返事がない。

五人の代表者は何度も杉原を訪ね、

「スギハラさん、まだ許可がないのですか」

と催促した。その顔には焦りの色が浮かんでいる。

「まだです。もう少し待ってください。その前に、あなた方に一つだけ確認したいことがあります」

「何でしょう？　スギハラさん」

「あなた方の要求は、日本の通過ビザがほしいということですが、日本に長く滞在するものではないということが証明できるものを、何か提出できますか」

「長く滞在するものではない証明……」

杉原の言う証明とは、行先国から入国許可証をもらっているか、と問うものだった。

ポーランドから命からがらリトアニアに逃れて来た人たちには過酷な質問だったが、領事代理という立場からは、どうしても尋ねておかなければならないことだった。

ユダヤ人難民たちはがっかり肩を落とした。

「それからもう一つ、リトアニアはもうすぐソ連領となります。この領事館も、八月中旬までに閉鎖するようソ連政府から求められています。私たちはその準備にも追われているところですが、そのあたりの事情もおわかりください」

杉原の言葉に、彼らの顔色が変わった。領事館が閉鎖されてしまえば、自分たちの希望も閉ざされてしまう。

「スギハラさん、外にいる者はみんな命の恐怖に晒されています。時間がありません、どうか私たちを助けてください」

彼らは必死だった。

外で待っている難民たちは、代表者から杉原の話を聞き、ある者は絶望し、ある者はそれでもかすかな望みにすがろうとしている。

あとでわかったことだが、彼らに日本領事館へ行くようにすすめたのは、同じカウナスにあるオランダ領事館のヤン・ツバルテンディック領事だった。

オランダはすでにドイツに併合されていたから、ユダヤ人へのビザ発給はできなかったが、ユダヤ人に同情的なヤン・ツバルテンディック領事は、南米にあるオランダ領のキュラソー島なら、ユダヤ人を上陸させることができると考えた。

そのためには、日本を通過するビザがどうしても必要だと考え、日本領事館に行くようにすすめたという。

この日は、あたりが暗くなっても難民たちは立ち去ろうとしなかった。公園の周りには、まだ千人ほどの難民がたむろしている。

この騒ぎで、領事館員も外に出ることができず、買い物ができないために食糧が底をついてきた。

「奥様、このままだと、飢え死にしてしまいますよ」

給仕のボリスラフがとうとう悲鳴をあげた。

いつもの公園で遊べない子供たちも、一日中家の中に閉じこもっているから、不安といらだちが高じている様子がよくわかる。

三男の晴生に母乳を与えていた幸子も、栄養不足と心労から、とうとうお乳が止まってしまった。

あわててミルクを飲ませたが、母乳で育った晴生はミルクを嫌がり、ぐずって泣いた。

地下の執務室で深夜まで仕事をしている夫の邪魔にならないように、幸子は一晩中ぐずる晴生を抱いて、寒い廊下で過ごした。

そんなところへ、待ちに待った外務省からの返事が届いた。その内容は、

――行きたい国からの入国許可証をもらっていない者には、日本を通過するビザの発給をしてはならない

というものだった。

ユダヤ人難民にビザを発給して保護することは、ドイツ政府を刺激することになり、外務省としては躊躇(ちゅうちょ)しているのであろう。

予想はしていたものの、杉原にとっては辛(つら)い回答だった。

(本国は、現実がわかっていない……)

目の前には数千人の流離の民が、ただ一人の日本人外交官に命の保証を託しているというのに。

「幸子、返事が来たよ」

杉原は妻に言った。

「ビザは発給できるのですか」

「いや、だめだ。思っていたとおり、行先国の入国許可証がなければビザの発給はだめだと言ってきた」

「それじゃあ、パパはあの人たちをどうなさるおつもりなの」

「私としてはビザを発給してあげたい。だが、本国の命令に背(そむ)くのは外交官として重大な背信行為だからね」

杉原は自分の無力さを思い知らされた。

ナチによって命の危険に晒され、救いを求めてやって来ている目の前の大勢の人たちを、外交上の方針とはいえ、自分の力ではどうすることもできないジレンマに、杉原は悩んだ。

七月二十二日には第二次近衛内閣ができ、陸軍大臣に東條英機(とうじょうひでき)、外務大臣に松岡洋右(まつおかようすけ)が就任した。

四年前には日本とドイツが防共協定を、さらに三年前にはイタリアが加わり「日独伊防共協定」が結ばれている。

ヨーロッパ各国の共産化に対抗するため結ばれた協定であるから、独ソ不可侵条約が結ばれたとはいえ、陰で画策するドイツとソ連(コミンテルン)がいずれ衝突して、ここリトアニアにもドイツ軍が侵攻して来る可能性は十分あった。

しかも日本政府は、この協定に批判的なアメリカやイギリスとは距離を置き、いまや対立の方向へと進んでいた。

第四章　決断のとき

昭和十五年（一九四〇）七月三十日の朝。

領事館にユダヤ人難民がやって来てから十日以上がすぎた日、杉原（すぎはら）はげっそりとした顔で妻に言った。

「幸子（ゆきこ）、ソビエト政府の要求どおり、領事館を閉めてリトアニアから出て行こう。そうすれば、この問題はすべて解決するよ。ただそれだけのことじゃないか。私は、日本国領事代理としての本分さえ尽くせば、それでいいんだよ」

投げやりな言い方だった。

これまで、外務省とは電報で何回もやりとりした。

だが、外務省の方針は一貫しており、ユダヤ人難民へのビザ発給は許されなかった。

夫の言葉が本心ではないことくらい、妻の幸子にはわかっていた。

本国の命令に背（そむ）いてビザを発給すれば、それは外交官として重大なルール違反となる。

外交官としての規則違反は身分にかかわり、免職という懲罰を受けることにもなろう。

そうなれば、収入の道を断たれ、家族が路頭に迷うことになるだろう。

人一倍家族思いの夫だから、本国の命令に背くこともできず、毎日苦悩していることは、幸子には十分わかっていた。

「パパ、パパが目の前の人たちを放ってカウナスを去れないことは、私が一番よく知っています。領事代理としてはできなくても、人間としてやるべきことがあるでしょ。私や子供たちのことは心配なさらないで、パパの思うようになさってちょうだい」

夫の苦悩を知っているからこその、幸子の言葉だった。

「幸子、ありがとう。いまのきみの一言で吹っ切れたよ」

幸子の言葉に杉原の表情が和(やわ)らいだ。

（ビザを発給しよう）

杉原の覚悟が決まった。

去る昭和十三年（一九三八）三月、満州(まんしゅう)西部のオトポールで事件が起きた。

ナチスの迫害から逃れて来たユダヤ人難民が、シベリア鉄道のオトポール駅で満州国の入国許可証を待っていた。

彼らは、ソ連が難民の受け入れを拒否したため、満州へ逃れて来たのだ。

ところが、満州国もドイツとの防共協定に気兼ねして、ユダヤ人難民の受け入れを拒否しようとした。

このとき、一人の男が立ち上がった。ハルビン特務機関長の樋口季一郎である。

樋口は淡路島生まれの陸軍少将だが、十八歳のときに岐阜県大垣市の樋口家に養子に入った。その樋口は、昭和十二年（一九三七）十二月、ハルビンで開かれた「第一回極東ユダヤ人大会」に招かれて出席した際、ナチスの反ユダヤ政策を批判して、

――ナチスはユダヤ人追放の前に、彼らに土地を与えるべきである

との祝辞を述べて、参加しているユダヤ人に感謝されたことがある。

彼は、オトポール駅のユダヤ人難民を独断で満州に受け入れた。

樋口がユダヤ人に寛容だったのは、軍人としてユダヤ人に感謝しているからである。

かつて日本が日露戦争で勝利した要因の一つに、ユダヤ人富豪のジェイコブ・シフという人が、日本の戦時国債を大量に購入してくれたことを知っていたからだ。

樋口の措置（そち）にドイツの外相が怒って、日本政府に猛烈に抗議してきたことがあったから、それ以来、日本政府はユダヤ人問題に神経を尖（とが）らせるようになった。

杉原がビザ発給を決断したのには、同じ岐阜県の先輩である樋口少将の思いと行動が強く影響している。

杉原の体にはサムライの血が流れている。

サムライの行動規範の極みは惻隠（そくいん）の情（じょう）である。

惻隠の情とは、他人のことを痛ましく思って同情する心、すなわち、困った人には手を差し伸べることである。

そして、杉原にはもう一つの思いがあった。早稲田（わせだ）の学生だった頃に通った

早稲田奉仕園（早稲田教会）の教えに、

——友のため自分の命を捨てること、これ以上の大きな愛はない

というものがある。

困った人に手を差し伸べ、自分を犠牲にしてでもその人のために力を尽くす。

子供の頃に学んだサムライの教えと、早稲田で学んだ博愛の教えは、杉原の心にしっかりと根付いていた。

さらに、

「パパ、あの人たちを助けて」

と言った長男弘樹（ひろき）の無邪気な一言も、杉原の心を動かした。

「幸子、私は彼らにビザを発給するよ。だから、きみには領事館を閉める支度を頼む」

「ええ、家のことは心配なさらないで。ちゃんと荷物はまとめますから」

「それじゃあ、ちょっとソ連領事館まで出かけてくるよ」
杉原はそう言い残して領事館を出た。
――苦慮、煩悶のあげく、わたしはついに人道博愛精神第一という結論を得た
（杉原千畝手記より）

杉原が門のところに現れると、難民たちがどっと押し寄せてきた。

「スギハラさん！　ビザはまだですか！」

「日本政府から許可が下りたのですか！」

難民たちは必死に叫ぶ。

「私はこれからあなた方のためにソ連領事館に行くんだ。道を開けてください」

杉原領事代理が自分たちのために、何か行動を起こしてくれる。そう感じた難民たちは、道を開けて杉原の乗った車を見送った。

ソ連領事館は同じカウナスの町中にある。

ソ連の領事と面会した杉原は、流暢なロシア語で、領事の意見を求めた。

――いま、わが国の領事館にはユダヤ人難民が大勢押しかけ、日本を経由して外国に行きたいとビザの発給を求めています。わが国がビザを発給しても、貴国がシベリアを通過させてくれなければ、この手続きは無駄となるが、貴国の方針はいかがですか

あまりにも美しいロシア語でまくし立てる杉原に気圧されたソ連領事は、

――貴国がビザを発給するのであれば、ユダヤ人難民がソビエト国内をただ通過するだけなら、何の問題もない

と、即座に答えた。

ソビエト政府からは、八月二十五日までに領事館を閉め、リトアニアから出て行くよう要求されている。

そんなときに、ソ連領事にユダヤ人難民のソビエト国内通過を頼んでも拒否されるだろうと思っていたが、思いのほか、ソ連領事はあっさりと認めてくれた。

一時間ほどで戻ってきた杉原に、

「パパ、どうでしたの」

幸子が心配そうに尋ねた。

「幸子、私は領事代理の権限をもって、あの人たちにビザを発給することにしたよ。ソ連領事も、難民たちのシベリア通過を快く引き受けてくれた。このことによる私への批判と譴責（けんせき）は目に見えているが、きみはそれでも賛成してくれるかい」

「パパ、私はあなたのことを誇りに思います。子供たちも、きっとパパのことを尊敬しますわ」

妻の言葉に、杉原は、

「ありがとう。感謝するよ」

照れながら、そう答えた。

玄関の外に立った杉原は、ユダヤ人難民に叫んだ。

「みなさん！　これから日本通過のビザを発給します」

杉原の言葉を聞いたユダヤ人難民の間に、一瞬沈黙が流れた。

半ばあきらめかけていたときだったから、

（信じられない！）

という驚きに言葉が出なかったのだ。

直後、「わーっ」という歓声（かんせい）が起こった。

難民たちは抱擁（ほうよう）し合い、接吻（せっぷん）し、天に向かって大声で叫びながら、神に感謝するしぐさを見せた。

彼らの目の前に、嵐のあとのような大きな虹の橋が架かったのだ。

ガレージの扉が開くと、人々は我先にと駆け寄ってきた。中には鉄柵を乗り越えようとする者もある。

「ビザは全員に発給します！　静かに並んでください」

杉原の呼びかけに、人々はようやく冷静さをとり戻した。

「領事、みんなに整理券を発行されてはいかがですか」

給仕のボリスラフが提案してくれた。

「それはいい考えだね。ボリスラフ君、きみ、さっそく整理券を作ってみんなに配ってくれないか」

ボリスラフは、すぐに整理券作りにとりかかった。

ボリスラフは、ユダヤ人難民には同情していたから、なんとか杉原領事代理がユダヤ人たちにビザを発給してくれるよう、内心願っていた。

杉原は一人ひとりと面談し、行きたい国を尋ね、ビザを書いて渡した。

事務員のグッジェは杉原のそばについて、ビザの用紙を揃えたり、領事の印を押す手伝いをした。

グッジェもまた、杉原にとっては頼りになる男だった。

「ここからモスクワに行って、シベリア鉄道でウラジオストクに行ってください」

「はい」

「ウラジオストクからは、船で日本のツルガ（敦賀）という港へ行きなさい」

「わかりました」

「日本に上陸したら、横浜か神戸の港から、すみやかに希望する国に向かってください。幸運を祈ります」

「ありがとう。感謝します」


はじめの数日こそ、夕刻になるとガレージの扉を閉め、ビザの発給事務を打ち切ったが、ビザ発給には時間がかかり、とても全員に渡せないことがわかった。


そのうえ、本国外務省からはリトアニアからの退去命令が届いた。

杉原はこの退去命令を無視して、それからの毎日、ほとんど徹夜で作業をした。そのため、杉原の疲れも極限に達した。

（時間がない！）

一人でも多くの難民にビザを渡したい。その気持だけが杉原を支えた。

「このままだと、お義兄さん倒れるんじゃないかしら」

義妹の節子(せつこ)も心配している。

八月三日。リトアニアがとうとうソ連に併合された。

カウナスの各国領事館は次々と閉鎖されていった。

杉原はビザを発給しながらも、本国外務省にビザ発給の許可を求め続けた。

だが、本国からの返電には、

――一行が日本に滞在できるかどうかは、上陸してからこちらで判断する。日本を通過するビザを発給できるのは、行先国の入国許可証を所持する者に限る

と、いつも決まった訓電だった。

杉原は彼らとの面談で、行先国の証明を求めたが、彼らは決まって「大丈夫。ある」と答えた。

彼らの「ある」という証明は、オランダ領事のツバルテンディックが、難民

たちに発給したビザに、

――在カウナスオランダ領事は、本状によって南米スリナム、キュラソーをはじめとするオランダ領への入国はビザを必要としないことを証明する

と書き込んだものであり、外交的にはまったく権限のない無効なもの、つまり「偽りの入国ビザ」だったが、杉原はそれを承知でビザを発給した。

初めのうちこそ、領事館に備えてあった印刷ビザ用紙を使い、一日に三百枚ほど発給できたが、その用紙もすぐになくなり、すべてを手書きにすると、一枚書くのに時間がかかり、発給スピードが格段に落ちた。

ソ連は、カウナスにある外国公館の閉鎖を八月二十五日までと通告してきていたが、杉原の要請によって、日本領事館には九月五日までの延長を認めてくれた。

杉原とグッジェは寝る間もなく必死だったが、次々と在外公館が閉鎖されていく状況の中で、日本領事館も近日中に閉鎖されると知った難民たちの焦(あせ)りと

困惑も極限に達していた。

彼らはもう、領事館から離れない。夜は向かい側の公園で野宿している。ほんのわずかの間、ベッドに体を横たえた杉原が、

「もうこの辺で打ち切ろうか」

と弱気なことを口にした。

「でも、まだ公園には大勢の人が待っていますよ。ここでやめたら、パパはきっと後悔なさるわ。もう少しがんばって……」

夫の体が悲鳴をあげているのはわかっていたが、幸子はそう言って夫を励ました。

八月二十八日。

――カウナスの領事館を閉鎖し、直ちにベルリン大使館に赴任せよ

日本の外務省から、最後通牒ともとれる至急電報が届いた。もう、これまでである。

「幸子、領事館閉鎖の準備はできているかい」

「ええ、荷物はまとめています。いつでも大丈夫よ」

「ビザの発給は午前中に打ち切り、領事館を閉鎖する。荷物を一か所に集めて、すべての部屋に鍵をかけなさい」

杉原はそう言うと、執務室の中に入った。

幸子や館員たちがあわただしく支度をしていると、突然、執務室から煙が漏れてきた。

「パパ！　どうなさったの」

幸子が執務室の扉を叩いた。

すると杉原が顔を出し、

「驚かせて悪かったね。心配ない、不要な書類を暖炉で燃やしているんだ」

そう言ってドアを閉めた。

外交官としては、機密の書類を多く抱えている。領事館を閉鎖することになれば、それらを処分するのも大切な仕事となる。

大量の書類を暖炉に放り込んだため、その煙が一階の部屋にも漏れ出したのだ。

杉原はこの一か月で二千枚にもおよぶビザを発給した。

（やるだけのことはやった……）

杉原は満足していた。

それでも、領事館の門扉（もんぴ）に、

――これからはモスクワの日本大使館に行ってビザをもらってください

と貼紙（はりがみ）を出した。

世話になった館員たちに別れを告げて、杉原は領事館を閉めた。

貼紙を見つめて呆然（ぼうぜん）と立ち尽くしている難民の姿に、杉原は、

（もうこれまで。許してください）

と手を合わせた。

領事館を出た杉原一家は、カウナスの町にある「ホテル・メトロポリス」へ向かった。

夫の疲労を心配した幸子が、このまま列車に乗ってベルリンに向かうのは無理だと判断して、ホテルを予約していた。

ホテルに二、三泊して、体調を整えてからベルリンに向かうつもりだったが、やがてこのホテルにも、ユダヤ人難民が押しかけて来た。

領事館の門扉に貼った紙に、ここのホテルを連絡先として書き添えていたからだ。

ホテルの玄関先には、領事館のときと同じように汚れた服をまとい、憔悴したユダヤ人たちがあふれた。

杉原は、ホテルに迷惑がおよぶことを心配し、机を借りて建物の外でまたビザを発給することにした。

幸いなことに、事務員のグッジェが杉原一家のボディーガードを兼ねてベルリンまで同行してくれるというので、またビザを書く手伝いをしてくれた。

九月一日、杉原一家はカウナスの駅に向かった。

驚いたことに、カウナスの駅はユダヤ人でごった返していた。

この朝、杉原領事代理がベルリンに発つことを知ったユダヤ人たちが、最後の望みを託して早朝から駅で待っていたのだ。

ベルリン行きの国際列車に乗り込んだ杉原は、列車の窓を開け放ち、座席のテーブルで再びビザを書きはじめた。

ビザを受け取った人たちは、

「スギハラさん、ありがとう」

と目に涙をためている。

発車時刻が迫ってきた。

（まだだ！　まだ発車するな……）

杉原は心の中で叫びながら、夢中でビザを書き続けた。

正午ちょうど、「ピー」という甲高い列車の汽笛が、無情にもホームに響いた。

「あー」とホームに泣き崩れる女性がいる。

「ガタン」と列車が大きく揺れたあと、動輪が静かに回りはじめた。

（あと一枚、もう一枚……）

杉原はペンをとめない。

用紙の上に、杉原の泪（なみだ）がしたたり落ちた。

（もうだめだ、もう書けない……）

テーブルの上には書きかけのビザが一枚残った。

そのとき、駅のホームで思いがけないことが起きた。

ホームにいた難民たちから、

「バンザイ、バンザイ、バンザイニッポン」

と、杉原を讃（たた）える万歳三唱（ばんざいさんしょう）の声が上がったのだ。

そして群衆の中から、一人の青年が走る列車を追いかけながら叫んだ。

「スギハラさん、ありがとう！　あなたは命の恩人です。私たちはあなたのことを忘れません。いつかきっとお会いましょう」

この光景に、

「パパ、パパ……」

と妻の幸子が顔を覆（おお）った。

杉原が書いた二千枚ものビザは、ユダヤ人難民六千人もの命を救ったのだ。

外務省の命令に背きながらも、人間としてやむにやまれぬ思いで書き続けた命のビザだった。

それは、サムライとしての惻隠の情が杉原を突き動かし、流離のユダヤ人難民たちに、生きるための大きな虹の橋を架けたのだ。

第五章

ニイタカヤマノボレ

昭和十六年（一九四一）十二月六日。

アメリカ大統領フランクリン・D・ローズベルトは、日米の関係が抜き差しならない状況を迎えている最中（さなか）、戦争回避のための親書電報を日本の天皇陛下に発した。

山本五十六（やまもといそろく）連合艦隊司令長官率いる機動部隊が、ハワイの真珠湾（しんじゅわん）を襲う半日以上前のことである。

大統領から天皇宛の親書電報は、外交ルートとしては極めて異例で、ノーマルな外交ではなかった。

二年前の、昭和十四年（一九三九）二月。

ワシントンで、大統領の友人である前駐米大使の齋藤博（さいとうひろし）が病死したとき、ローズベルトはアメリカの巡洋艦「アストリア」に齋藤の遺体を乗せて横浜港に礼送した。

ローズベルトの厚遇に、天皇はすぐ電報で感謝の意を伝えた。

両国のトップが、電報という形でお互いの意思を伝達し合う素地はあった。

特に、ローズベルト大統領と齋藤大使とはウマがあった。アメリカ駐在の各国大使の中で、大統領の「友人」と呼ばれた大使は、日本大使の齋藤ただ一人だった。

齋藤に友人として接したローズベルト大統領は、本質的に日本びいきだった。だから、最後まで日米の開戦は避けたいと願っていたのであろう。

齋藤がアメリカ大使として赴任したとき、一番喜んだのがローズベルトだった。

日本とアメリカの関係がぎくしゃくしはじめた頃であったから、ローズベルトは齋藤に関係改善を期待した。

もちろん、アメリカという巨大な国のおそるべき底力を知り尽くしている齋藤は、この国と戦争をすることなど想像もできず、もしそうなれば、日本の国民にはかりしれない悲劇をもたらすことを承知していたから、あらゆる外交を通じて、日米開戦回避のために手を尽くした。

しかし、そんな齋藤の思いとは裏腹に、齋藤の死後、近衛(このえ)内閣、軍部の方針は、戦争へ戦争へと突き進んでいった。

昭和十五年（一九四〇）九月二十七日、ベルリンにおいて「日独伊三国同盟」が結ばれたが、これは明らかな軍事同盟であり、日本とアメリカの関係は、抜き差しならない状況に追い込まれた。

日中戦争勃発以降、アメリカは中国に経済援助と武器の供給をはじめていた。

さらに、日本陸軍が北部仏印（インドシナ）に進駐したため、フィリピンを植民地とするアメリカは脅威を感じ、日本に対する石油輸出全面禁止の措置に出た。まさに、開戦前夜の様相を呈していたのである。

連合艦隊司令長官の山本五十六は、海軍内において、アメリカとの戦争に最も反対の立場をとっていた。

――このままではいずれアメリカと戦争になる。もし日本がアメリカと戦争すれば、この国は滅びる駐米武官を務め、アメリカの国力を知り尽くしている山本の考えは、齋藤博と同じだった。

だが、連合艦隊司令長官という現場の最高指揮官である以上、いったん「開戦」となれば、軍人としてはこの国を勝利に導かねばならない。

――アメリカに勝つにはどうすればよいか

山本は、東郷茂徳外務大臣による、野村吉三郎駐米大使を通じての和平工作に一縷の望みを託していたが、当然ながら、対米開戦に向けての作戦だけは練っていた。

山本が考えた作戦は奇想天外ともいえる、ハワイ真珠湾の奇襲攻撃だった。

駐米大使の齋藤博が就任後間もなく、ワシントンから一時帰国して山本と話し合ったことがある。

そのとき、山本は初めて「真珠湾攻撃」について齋藤に語った。

「外交官を前にしちゃなんだが、俺も軍人だからね。どうしてもアメリカとやれと言われれば、アメリカともやってごらんにいれたいね。しかし、それには条件がある。これからは造艦競争をやってちゃ、日本はアメリカに勝ち目はない。それで飛行機というわけなんだよ。俺の夢なんだがね、空母十隻、航空機八百機を準備する。それだけで真珠湾とマニラ湾を空襲し、アメリカ太平洋艦隊とアジア艦隊をつぶすことは確実にできるんだよ」

山本が真顔で言うのに対し、齋藤はあきれ顔で尋ねた。

「それで、いったいどうする気なんだね？」

「ハワイの真珠湾に奇襲をかけるんだよ。そうすれば、少なくとも一年間は太平洋にアメリカの船と飛行機は存在しないってわけさ。それだけの戦争はやってみせる」

山本の話に、齋藤は激しく反対した。

「とんでもないことだよ山本さん。なるほど、そうなればアメリカさんはたしかに一年間は戦争ができないかもしれないよ。しかし、そんなことでアメリカはちっともこたえやせんさ。アメリカと日本の生産力の差は、あんたが一番よくご存じでしょう。鉄は日本の二十倍、石油は日本の百倍、石炭は十倍、電力は六倍と記憶している。半年や一年を限って、戦艦や空母の保有量争いで優位に立つことだけを考えて戦争するなんて、あんたはいったい、何を考えているんだと言いたくなるよ」

「……」

「こんどの軍縮会議で、飛行機も全廃する必要がある。船や飛行機やあんたたち軍人にとって危険なおもちゃと見られるものは、一切合切世界中の海軍国からとりあげておかなくちゃ、何をするかわかったもんじゃないってわけだ。これは外交官として僕の友人に対する忠告だ。ここ四、五十年は、アメリカと戦争するなんて、思い上がったことを考えちゃ困るんだ」

「そうだね。それは俺もそのとおりだと思う。俺も海軍部内では、そのように指導しとるんだが。しかし、政治ってやつは生きものだからね。負けるとわかっていても、刀を抜かなきゃならんときもあるような気がするがね」

「違う！　そりゃあ断然違う」

齋藤はどこまでも山本の意見に反対した。

山本の意見に反対というより、アメリカを相手に戦争することの愚かさに、強く反対したのだ。

昭和十六年一月、山本の「私案」である真珠湾攻撃が、いよいよ現実味を帯びてきた。

山本はその具体案を、海軍大臣及川古志郎大将に手紙で明かした。

山本は次に、航空作戦の第一人者である第十一航空艦隊参謀長の大西瀧治郎少将にも、同様の手紙を届けた。

二月、その大西から、第一航空艦隊の航空参謀で、航空屋の異名を持つ源田実中佐に「鹿屋まで来て欲しい」との連絡が入った。

源田中佐は、すぐに有明湾に停泊中の空母「加賀」から鹿屋に飛んだ。

「まあ、そこに座れ」

参謀長室で、二人はテーブルを挟んで向かい合った。

「ちょっと、これを読んでくれ」

大西少将は、胸のポケットから手紙を取り出して源田に渡した。

「うん？」

源田が封書の裏を返すと、そこには墨痕鮮やかに「山本五十六」とあった。

「これは？」

「そうだ、山本長官からの手紙だ」

「長官から……」

手紙の内容は、およそ次のようだった。

——国際情勢の推移如何によっては、あるいは、日米開戦のやむなきに至るかもしれない。日米が干戈（武器）をとって戦う場合、わが方としては、何か余程思い切った戦法をとらなければ、勝ちを制することはできない。それには、開戦劈頭、ハワイ方面にある米艦隊主力に対し、わが第一、第二航空戦隊の全力をもって痛撃を与え、当分の間、米国艦隊の西太平洋侵攻を不可能ならしむるを要す。目標は米国戦艦群であり、攻撃は雷撃隊による片道攻撃とする。本作戦は容易ならざるも、本職自らこの空襲部隊の指揮官を拝命し、作戦遂行に全力を挙げる決意である。ついては、この作戦を如何なる方

法によって実施すれば良いか、研究してもらいたい
かつて、山本が齋藤大使に語った「真珠湾攻撃」の内容である。
航空屋と呼ばれる大西、源田の二人に、その「山本私案」ともいうべき作戦の「具体的な作戦計画を立てろ」と命じたのである。

「そこで、きみ、一つこの作戦を研究してみてくれんか。できるか、できないか、どうすればやれるか、そこらあたりが知りたいんだがね」

攻撃目標が空母や戦艦であること、攻撃は片道であること、真珠湾の水深が十二メートルであること、複雑な真珠湾における雷撃、攻撃時刻、攻撃編隊などについて、二人は議論して別れた。

大西から作戦計画の立案を下命された源田中佐は、一週間後には真珠湾攻撃作戦の素案を大西少将に提出した。

山本は、戦艦「長門（ながと）」に置かれている連合艦隊司令部の先任参謀黒島亀人（くろしまかめと）大佐と戦務参謀の渡辺安次（わたなべやすじ）中佐を長官室に呼び、真珠湾作戦の源田案を打ち明け

た。

こうして、山本が考え、大西と源田が練り上げた真珠湾攻撃の作戦は、連合艦隊作戦計画案として海軍軍令部に提出された。

一方、当然ながら海軍軍令部もまた、日米が開戦した場合の作戦を練っていた。

しかし、軍令部の作戦は、日清、日露の戦い以来、旧態依然とした「艦隊決戦」、すなわち、「漸減・邀撃作戦」を眼目としていたから、連合艦隊から上がってきた航空機主力による作戦計画は〝異端〟として、猛反対された。

だが、山本は、「アメリカに勝つためにはこれしか方法はない」と、自分の信念を曲げなかった。

山本は、連合艦隊指揮下の各部隊に対し、極秘訓練を命じた。

訓練場所は、真珠湾と地形が良く似た鹿児島の錦江湾が選ばれた。

ほかにも、出水・富高・笠ノ原・佐伯・宇佐・大分・大村の艦攻隊、艦爆隊、艦戦隊基地で毎日激しい訓練が行われた。

十月七日。秘密訓練に励んでいる現場の指揮官たちが、第一航空艦隊の旗艦「赤城（あかぎ）」に招集された。

その場で、これまでの秘密訓練が、実はハワイの真珠湾攻撃を想定したものであることが、初めて明かされた。

この席で、淵田美津雄（ふちだみつお）中佐が、各指揮官を統制する「総隊長」に任命された。

その日から、連合艦隊指揮下の各部隊では、真珠湾を攻撃目標にした本格的な実戦訓練が行われた。

連合艦隊から提出された真珠湾攻撃作戦を無視していた軍令部が、十月十九日になって、一転してこれを容認した。

軍令部に出向いて、連合艦隊側の意見を採り容（い）れるように交渉していた黒島大佐は、いつまでも埒（らち）のあかない軍令部の態度に業（ごう）を煮やし、

「山本長官は、もしこの案が採用できないなら、連合艦隊司令長官の職を辞すると申しております」

と言った。

この発言は黒島大佐の最後のカケであり、軍令部への恫喝（どうかつ）でもあった。

これにあわてた軍令部次長の伊藤整一(いとうせいいち)中将や永野修身(ながのおさみ)軍令部総長は、

「山本長官がそれほどまでに自信があるとおっしゃるなら、軍令部ともしてご希望どおり裁可いたします」

と、ついに連合艦隊の意見を認め、ここに、真珠湾攻撃作戦は海軍の作戦行動として決定した。

昭和十六年十一月五日の御前会議は、

――十二月一日午前零時までにアメリカとの交渉が成功しない場合は、武力を発動する
ことを決定し、陸海軍部隊に作戦準備に入るよう命じた。

この命令を受け、ハワイ真珠湾の米太平洋艦隊を奇襲する南雲忠一(なぐもちゅういち)中将指揮の、空母六隻を中心とした第一航空艦隊機動部隊は、三々五々、択捉島(エトロフ)の単冠(ヒトカップ)湾に集結した。

各艦船は一切の電信を禁じられ、乗組員には「訓練地に向かう」とだけ告げられた。

真珠湾の攻撃に向かうと告げられたのは、全艦船が集結を終えた十一月二十四日になってからだった。

その前の十一月十七日、東郷茂徳外務大臣は国会においてこう演説した。

——現内閣において、太平洋の平和を維持せんがために、日米会談の継続を決定いたしました。帝国政府においては、本交渉の成立に向けて、最善の努力を傾注している次第であります

この時点でもまだ、軍部の開戦準備と政府の和平交渉は、同時に進行していた。

東郷外務大臣は、来栖三郎（くるすさぶろう）特命全権大使をアメリカに派遣し、野村吉三郎駐米大使とともに、アメリカとの開戦回避交渉に当たらせた。

これに対し、アメリカのローズベルト大統領とハル国務長官もまた、日本と

のぎりぎりの交渉に頭を抱えていた。

すでに日本側の外交暗号電報解読の報告を受けていたローズベルト大統領は、日本側の提案を拒めば、日本は開戦に踏み切るだろうと判断していた。

十一月二十二日、来栖、野村と会談したハル長官は、

「日本がこれ以上南方進出をしないことを条件に、アメリカは経済制裁を緩め、日中戦争の解決には干渉しない。ただし、この提案の有効期限は三か月とし、それ以後は改めて交渉する」

と発言し、日本とアメリカとの「暫定協定案」もできた。

このあとハル長官は、国務省にイギリス・オランダ・オーストラリア・中国の大使を呼び、日米の「暫定協定案」への理解と協力を求めた。

この「暫定協定案」は日米開戦回避にむけた、ローズベルト大統領の指示による時間稼ぎでもあった。

この案に、中国の胡適大使は衝撃を受け、報告を受けた蔣介石も激怒した。

野村大使は、このとき東郷外務大臣に対して、

「アメリカに返答の督促をくり返しているが、協議中という理由で引き延ばさ

れている。中国大使の胡適とハル国務長官が、単独で協議している。これは警戒すべき行動である」

との電報を送っている。

十一月二十六日の早朝、ローズベルト大統領のもとへ、軍部から驚くべき情報がもたらされた。内容は、

——数十隻の輸送船団が台湾沖を南に移動中

という報告だった。

ローズベルトは激怒した。

「日本は、和平交渉でインドシナから撤退すると言いながら、遠征軍をさらに増強しようとしている。これは、片手で握手を求め、片手で短剣を突きつけるようなものだ。もはや日本を信用することはできない」

と。

そのあと、国務省に呼び出された来栖、野村の両大使は、ハル国務長官から文書を手交(しゅこう)された。内容は、

——アメリカは、中国を見殺しにするなという意見など踏まえ、本日の案を提案する。日本政府は、中国、インドシナ方面の陸海軍と警察部隊を撤退すること

とあり、日本への石油の供給再開には一切触れていない、衝撃的な提案だった。

これはのちに「ハルノート」と呼ばれる文書で、先の「暫定協定案」とは一転する内容だった。

報告を受けた東郷外務大臣は、

「アメリカ側の要求には、目もくらむばかりの失望に打たれた」

と語った。

戦争に反対し、あくまで日米の開戦回避の道を、ぎりぎりまで探り続けた東

郷が、アメリカとの交渉を断念した瞬間だった。

同日、単冠湾の南雲機動部隊は一斉に錨を上げて、ハワイをめざした。

作戦行動の直前、山本五十六は連合艦隊指揮下の全指揮官を旗艦「長門」に集め、真珠湾攻撃の作戦行動について訓示した。

その席で、指揮官たちを前に、山本はこう話した。

「未だワシントンにおいては、和平に向けた交渉が行われている。出撃のあと、和平が成立し、作戦行動中止の命令が下されたときは、全部隊は必ず反転、帰還せよ」

と。

ところが、一部の指揮官からは、

「いったん出撃すれば、反転は無理です」

「出撃したあと反転となれば、将兵の士気が落ちます」

などの意見が出た。

これには山本が怒った。

「もし、私の命令が聞けないというなら、そんな指揮官にこの作戦指揮を任せることはできない。即刻辞表を書き、職を辞せ」

と。さらに、

「アメリカは、日本がこれまで戦った中で最強の敵となるのだ。これは私の脅しではなく、私がこの目で見た最も恐ろしい国である」

とも。

十二月一日、御前会議において、日本時間十二月八日の対米開戦が正式決定された。

山本は、日米交渉が暗礁に乗り上げた頃の九月十二日、政府の見解を問いただすため、荻窪の荻外荘に近衛総理を訪ね、二人だけの会談に臨んだ。

この席で、

「未だ政府としては、米国との開戦回避に望みをもっているが、もし開戦となったとき、海軍に勝算はありますか」

との近衛の質問に、山本はこう答えた。

「そりゃあ、やれと言われれば一年や一年半は存分に暴れてご覧にいれます。

しかし、二年、三年たてばその保証はできません。外交にラストワールドはないということを、総理、どうぞお忘れなく」

と。これに対し近衛は、

「わかっております。陛下は先の御前会議（九月六日）の席で、明治天皇の御製を二度繰り返して朗誦なさいました。これは、陛下が開戦を望まれていないからです。そのご心情を御製に込められたのです」

と答えた。

その御製は、世界平和を望まれる明治天皇のお気持ちが込められた歌だった。

よもの海みなはらからと思う世に
など波風のたちさわぐらむ
（世界の海は一つなのに、なぜ波風が立ち騒ぐのであろうか）

対米・英・蘭戦の開戦準備を決定した御前会議の席で、なお陛下は「戦争は避けよ」とのお気持ちを、政府と軍部に暗にほのめかされたのである。

陛下のご発言（朗誦）には、さすが激情家といわれる陸軍大臣の東條英機も胸を打たれた。

のちに総理となる東條は、御前会議における対米・英・蘭開戦を白紙にもどし、アメリカとの和平交渉継続を主張したほどである。

東條の主張に、周囲の抗戦派は、「東條の変節」とまで言った。政府、軍部ばかりでなく、国民世論までもが戦争勝利の旗を掲げ、だが、開戦への大きな流れは、すでに誰にも止められない状況に陥っていた。

十二月二日、西太平洋上をハワイ方面に進んでいた南雲機動部隊は、
――新高山登レ（ニイタカヤマノボレ）一二〇八
との、日米開戦日を知らせる暗号電を、大本営から受けた。
日米開戦の日を十二月八日とする、最高の機密命令である。

新高山（現在の玉山）は、日本統治下の台湾最高峰の山（標高三、九五二メートル）であるが、もし、作戦行動を中止するときの暗号電は、

――筑波山晴レ

だった。筑波山は、茨城県の筑波山である。

山本は、

「野村大使が、なんとか日米交渉をまとめてくれるだろう」

という、日米戦回避への希望をつないでいたが、その望みは断ち切られ、筑波山はついに晴れなかった。

十二月三日、山本は皇居に参内し、天皇陛下に戦勝の決意を述べた。

ハワイ時間十二月七日午前七時四十九分（日本時間十二月八日午前三時十九分）、第一次攻撃隊百八十三機を率いた飛行総隊長の淵田美津雄中佐は、

――全軍突撃せよ！

との「ト連送」を全機に打電した。

さらに三分後、真珠湾に停泊するアメリカ太平洋艦隊が、まったく無防備な状況を確認すると、

――トラ・トラ・トラ（我レ、奇襲ニ成功セリ）

の電文を放った。

その二分後、攻撃機の第一弾が陸軍のヒッカム飛行場に投下されると、飛行場は、たちまち黒煙に包まれた。

それからは、雲霞（うんか）のような日本海軍の攻撃機が真珠湾を襲った。

一方の陸軍は、日本時間十二月八日午前一時三十分、イギリス領マレー半島のコタ・バルに上陸し、英印軍との間に戦端を開いた（マレー作戦）。

このときより日本は、三年八か月に及ぶ太平洋戦争に突入したのである。

第六章 戦場を駆ける

国際列車は、これからベルリンまでおよそ一千キロをひた走る。

シートに深く身を沈めた杉原（すぎはら）は、ようやく解放感を覚えた。

カウナスの日本領事館に赴任して九か月余り。最後のひと月は、予想だにしなかった事態に直面し、外交官としては特異な仕事に忙殺された。

だが、杉原に悔（く）いはなかった。人としてやるべきことをやったと満足している。

「グッジェ君、きみにはほんとうに世話になった。感謝するよ」

杉原は、今日までサポートしてくれたグッジェに礼を述べた。

「スギハラ領事、私はあなたのもとで仕事ができたことを誇りに思います。あなたはすばらしい人です。私はほんとうのサムライを見ました」

いつも冷静なグッジェが、そう言って涙ぐんだ。

杉原のベルリン行きには、二つの大きな不安がつきまとっていた。

一つは、ゲシュタポによる身の危険だ。杉原は「危険人物」としてゲシュタポにマークされている。この先、どんな危険が待ち構えているかわからない。

もう一つは、本国外務省による違背行為への譴責（けんせき）問題だ。

だが、くよくよ考えてもしようがない。なるようにしかならないと、杉原は腹を括った。それを言えば、妻や子供たちに不安を与えてしまうから、杉原はつとめて明るく振る舞った。

ようやく列車はベルリン駅に着いた。

グッジェは、折り返しの列車に乗ってカウナスへ帰ることになっているから、ここでお別れだ。

子供たちはグッジェになついていたから、別れるのが悲しそうだ。

「グッジェ君、気をつけて」

「はい、領事もお達者で」

杉原一家とグッジェは、ベルリン駅で別れた。

杉原と家族は、いったんベルリン市内のホテルに入った。落ち着くまでここが宿舎となる。

日本大使館へあいさつに出かける朝、

「幸子、荷物は当分解かなくていいよ」

杉原は妻にそう言った。

「あら、どうして？」

「大使館へ行ってみないと、これから先のことはわからないからね」

「そうなの……」

「とにかく行ってくるよ」

「行ってらっしゃい」

幸子には、夫の言う「これから先のことはわからない」という意味がうすうすわかっていた。多分、外務省をクビになるだろう。夫はそう考えているのかもしれない。それでも幸子は明るく夫を見送った。

駐ドイツ特命全権大使は来栖三郎（くるすさぶろう）だった。

来栖大使はとても穏やかな人で、

「やあ杉原君、ご苦労でしたね」

と、ねぎらいの言葉をかけてくれたが、ビザ発給のことには一言も触れなかった。

来栖は外務省の中ではイギリスやアメリカ寄りの人で、ナチス・ドイツの強硬な政策には批判的だった。

ホテルに戻った夫に、

「パパ、どうでした？」

幸子が不安そうに尋ねた。

「いや、それが。カウナスの件について来栖大使からは一言もなかったよ。ドイツからも抗議は受けていないようで、本国からも特別な指示を受けていないようだった」

「あら、そうなの。よかったわね」

幸子は安堵（あんど）の表情を浮かべた。

「それより、私がここへ呼ばれたのは、新しい仕事のためだったよ」

「新しい仕事、ですか？」

「そう。チェコのプラハへ行くことになりそうだよ」

「プラハ……」

「プラハの総領事が辞められて、日本へ帰国するそうだ。それで、その後任に私が行って、領事館を引き継ぐらしい」

「すぐにですか？」

「いや、外務省の別命待ちだが。プラハへ行ったとしても、チェコはドイツに併合されているから、また領事館を閉めてほかの国に行くことになるだろうけどね」

なんという慌しさであろう。いくら外交官とはいえ、この目まぐるしさは、やはりヨーロッパ全域を包んでいる戦況の悪化を物語っているのであろう。

「日独伊三国同盟」が結ばれたあと、これにハンガリー、ルーマニア、チェコ＝スロバキアなどが加わった。

この同盟は一方の枢軸国をなすものであり、イギリス、アメリカ、カナダ、オーストラリア、中華民国などの連合国とは対峙する関係にあったから、地球規模の戦争の足音がまた一段と大きくなった。

日本政府は当時ナチス党とは距離を置いていたが、軍部に押される恰好で三国同盟に調印した。調印式に臨んだのは、皮肉にも来栖大使だった。

十月、杉原はチェコ＝スロバキアのプラハにある日本領事館に赴任した。

領事館は、プラハの市内を流れるモルダウ川を望む場所に立つ大きな建物だった。

このあたりはまだ静かで、戦争の影響を受けていなかった。

杉原一家は久々にくつろぐことができた。

仕事の休みには、杉原の運転する車に乗ってイタリアのローマやベニス、スイスのアルプスにも遠出した。

そんなある日、ドイツの外務大臣ヨハヒム・フォン・リッベントロップがプラハにやって来た。

彼はヒトラーの片腕といわれ、異常にプライドの高い人物で、いまではヒトラーの外交政策アドバイザーでもあった。

そのリッベントロップが、ドイツと同盟を結んでいる国の外交官を一堂に集めた。

彼は各国の外交官たちを前に、

「チェコはすでにドイツの一部であるから、ここに公館を開き、諸君が外交官としてプラハにとどまることはよくないことである。直ちに公館を閉鎖して、国外に退去してもらいたい」

と、まるで命令するように伝えた。

この態度は杉原の癇に障った。

他国の外交官たちも不満気な顔をしていたが、いまや破竹の勢いで他国を駆逐しているドイツの、しかも大物政治家に面と向かって抗議する者はいない。

そんな重苦しい空気を破って、杉原が立ち上がった。

「閣下、ちょっとお待ちください」

杉原の流暢なドイツ語に、リッベントロップも驚いた。

「私たち外交官は、本国政府の命令によって駐在しております。従いまして、閣下から退去を求められる覚えはありません。閣下、どうか退去しなければならない理由を説明してください」

杉原の堂々とした態度と、流れるような美しいドイツ語に、さすがのリッベントロップも沈黙してしまったという。

おそらく、リッベントロップはカウナスでの一件をこのとき知らなかったのではないだろうか。

もし知っていれば、「生意気な親ユダヤめ」との烙印を押され、命の危険に晒されていたかもしれない。

だが、相手は枢軸国となった日本国の総領事代理であり、しかもドイツは各国に転戦中のうえ、ソ連との関係が悪くなっていた頃だったから、プライドの高いリッベントロップも、あえて杉原を無視したのであろう。

プラハでの領事生活が、半年ほどすぎた頃、杉原はベルリンの大使館に再び呼び戻された。

大使館に赴くと、大使は来栖三郎から大島浩に代わっていた。

大島大使はナチス党に太いパイプを持っているといわれ、日独伊三国同盟締結の陰の立役者ともいわれている。

その大島から、

「杉原君、東プロイセンのケーニヒスベルクに領事館を開き、そこの領事を務めてもらいたい」

と命ぜられた。

つまり、これからの杉原の直属上司は大島大使なのだ。

東プロイセンは、ポーランドとリトアニアに挟まれた小国である。

だが、いまの東プロイセンは、リトアニアに侵攻したソ連と、ポーランドに侵攻したドイツとの緩衝(かんしょう)地帯になっており、この地域で両国が衝突する危険性が高まっていた。

大島大使は、その緩衝地帯である東プロイセンに杉原を派遣し、ドイツとソ連の情報収集に当たれと命じたのだ。

ソ連とドイツが銃口を向け合っている谷間が東プロイセンであるから、その地に赴(おもむ)くということは、まさに、火中の栗(くり)を拾う危険な任務である。

「幸子、こんどは東プロイセンに領事館を開設することになったよ」

「東プロイセン、ですか?」

「そう、これまでとは違って、危険な所だ。私は単身で赴任するつもりだから、きみや子供たちはベルリンのホテルに滞在していなさい」

「いいえ、パパと離れて心配するくらいなら、どんなに危険な所でも、私たちはパパについて行きます」

幸子は杉原の言い分をきっぱりと断った。

「そうはいっても、子供たちを巻き込んではいけないよ」

「大丈夫。パパはいつも神様に守られているから」

「神様ねえ……」

昭和十六年（一九四一）三月、杉原一家はケーニヒスベルクに移った。

町の中央にある二階建ての家に領事館を開いて、コックや使用人、そして事務員を雇った。

この建物には広い庭がついており、りんごや梨の木がたくさん植えてあったからまるで公園のようで、子供たちは大喜びだった。

さっそく庭に出て、走り回っているリスにピーナツを差し出すと、リスは警戒もせず足元にやって来て、ピーナツをおいしそうに頰張る。そのしぐさが可愛くて、子供たちも大はしゃぎだ。

戦時下とはいえ、ここの領事館は家族が避難する場所としては、とても恵まれた環境だった。

思いきって家族をプラハから伴ってきたことを喜んでいた。

杉原は、毎日出かけることが多くなった。緊迫した情勢の中で、ドイツとソ連がどう動くのか。戦争に突入するのか。杉原が集めなければならない情報は多岐にわたる。

杉原の情報によって、日本が動くべき方向性が決まってくるという重要な仕事だからである。

杉原をケーニヒスベルクの領事とするように本国外務省に要請したのは、前の駐ドイツ特命全権大使の来栖三郎だった。

ドイツとソ連の動きによって、日本の立場が定まるという重要な段階において、対ソ情報の収集は杉原のほかにいないと判断した来栖は、松岡外務大臣に対し、

――対ソ情報収集は、執拗に継続するを要することは言うまでもないが、杉原が育成している情報網を、一時的にせよ中断することは、遺憾である。早

くケーニヒスベルクに総領事館を開設して、杉原の情報活動ができるように取り計らいたし

と要請したのである。

このことは、外交官として杉原が、いかに情報収集と分析能力に優れているかを物語っている。

その杉原が、

――ドイツが間もなくソビエトに侵攻するだろう

との情報を、本国外務省、ベルリン、モスクワの日本大使館に次々と打電した。

ところが、当のドイツでは、軍の上層部しか知らない「敵に対する偽情報作戦命令」なる極秘作戦が進行していた。

それはのちに「カイテル偽情報作戦命令」と呼ばれ、ドイツがソ連を攻撃す

る「バルバロッサ作戦」を秘匿するため、

——ドイツ軍の次なる攻撃目標はイギリスである

という「アシカ作戦」なる偽情報を意図的に流布したのである。

この作戦は、ヴィルヘルム・カイテル元帥が、ヒトラーの命令で実行した情報攪乱戦だった。

この偽情報に、ソ連ばかりでなく、大島大使らベルリンの日本大使館員たちも翻弄された。

その結果、

——ドイツはソ連に侵攻しない。ドイツの攻撃目標はイギリス

と判断していたのである。

そんな状況の中でも、杉原の収集・分析した情報は正確だった。

杉原が本国外務省に送った電報の内容が残されている。
――ベルリンからケーニヒスベルクへ、毎日軍用列車がたくさんやって来て、ここからさらに北へ向かって行く
――ケーニヒスベルクのドイツ軍人たちの話によると、東プロイセンにはドイツの大軍が集まっているらしく、ドイツとソ連との関係は、六月になって決まるだろうとのことです
――ドイツ軍の戦車が数日前、リトアニアとの国境線へ出動しました。ソ連の戦車も同じように出動して、おたがいににらみあっています
――ソ連は東プロイセンとの国境線に無人地帯を作り、三～五キロ以内の住人を立ち退(の)かせています
刻々と戦況を伝える、杉原の緊迫した電報である。

昭和十六年六月二十二日。

ドイツがついにソ連への大攻勢に打って出た。独ソ戦の勃発である。

杉原の予測が的中した。


初めのうちこそ、ソ連はドイツ軍の勢いに押されていたが、ドイツの攻勢もモスクワを目前にしたあたりから冬将軍に見舞われ、鈍りはじめた。

厳しいモスクワの大雪と寒さである。かつては、ナポレオンを苦境に追い込み、退却を余儀なくさせた冬将軍が、いままたドイツ軍の前に立ちはだかった。

ドイツ軍が苦境に陥ったのを契機に、ソ連軍の巻き返しがはじまった。

この頃になって、外務省からヨーロッパ各国の外交官宛に、

——家族を早めに日本へ帰すように

との通達が届いた。

「幸子、いよいよ危なくなった。本国からも家族を日本へ帰すよう指示が出たよ。きみは子供を連れて日本へ帰りなさい」

「いいえ、パパ。私たちはどんな状況になっても、パパがいる限り日本へは帰りません」

幸子は、日本へ帰ることを強く拒んだ。

十二月、本国外務省から、

——来栖、野村大使の苦労もむなしく、日本とアメリカとの和平交渉は決裂した。そして八日、ついに日本軍がハワイの真珠湾を攻撃して、日米は戦争状態に突入した

という衝撃的な電報を受けた。

「幸子、大変なことになった。とうとう日本はアメリカと戦争をはじめたよ。

日本海軍の戦闘機がハワイの真珠湾を攻撃したらしい。大変なことが起きてしまった」

杉原は沈痛な顔で妻に告げた。

「これから、どうなるのですか？」

「さあ、大変なことになったが、これからどう展開するのか、先の見通しは私にもわからない。日本は無謀なことをした、わかるのはただそれだけさ。しかし、いずれこの戦争は負ける。ドイツも日本も……」

それが、外交官としての杉原の偽らない思いだった。

ヨーロッパの戦争と西太平洋の戦争が同時に進行して、世界は未曾有の大戦へと踏み出した。もう誰にも止められない。

ケーニヒスベルクの日本総領事館は、ドイツ政府からの退去要求を受けて、ついに閉鎖することとなった。

昭和十六年（一九四一）の十二月、杉原はルーマニアのブカレストにある日本公使館に移った。

ブカレストの町には、あちこちにドイツの国旗とハーケンクロイツ（ナチスの党章）がはためき、ドイツ軍人が闊歩していた。

杉原はブカレストの日本公使館で公使の務めに就いたが、そこには日本人の職員や駐在武官もおり、町にはまだ平穏な空気が流れていた。

ヘルシンキ・カウナス・ベルリン・プラハ・ケーニヒスベルクと、戦時下のヨーロッパ各国を、父の転勤とともに移動した子供たちも大きくなり、長男の弘樹は六歳、二男の千暁は四歳、三男の晴生は二歳になっている。

子供たちが大好きな杉原は、子供たちが感じている戦争の恐怖心を和らげようと、ときには自分でハンドルを握って郊外へ遠出する。

町を少し離れると、メルヘンチックな田園風景が広がり、青空のもとで白い羊たちが草を食んでいる。戦争とは無縁の風景だった。だが、そんなブカレストにも、いよいよ戦争の波が押し寄せてきた。

ここ一年半、ヨーロッパ全域に広がったドイツの侵攻作戦も、連合国軍の巻き返しによって、次第に劣勢となってきた。

「幸子、ソ連が国境を越えてドイツ軍に反撃しはじめたよ。ブカレストもすぐ戦場になるだろう」

杉原の表情も曇った。

昭和十九年（一九四四）六月五日の深夜から六日の未明にかけて、イギリス・アメリカ・カナダの空挺部隊が、フランスのノルマンディー一帯に降下作戦を敢行した。この作戦は、引き続き行われるノルマンディー海岸への上陸作戦を支援するためのものだった。

余談ながら、このときアメリカ第八十二空挺師団所属のジョン・スティール二等兵のパラシュートが、ドイツ軍の支配する町の真ん中にある教会の屋根に引っかかり、彼が宙吊りとなって、ドイツ軍の捕虜となった話はあまりにも有名である。

空挺部隊のあと、ドーバー海峡を渡ったおよそ十六万人（後続を合わせおよそ百五十万人）の連合軍が、ノルマンディー海岸へ上陸し、パリへ向かって進撃しているという。

まさに史上空前の大作戦が行われていたのである。

このとき、アメリカ陸軍の主力部隊はヨーロッパのドイツ軍に、海軍の主力部隊は西太平洋の日本軍に展開されていた。

やがて、連合軍によるドイツ占領国への空爆がはじまった。

杉原は公使館の空き地に防空壕を作り、空襲に備えた。

そして、ついにブカレストへの空襲がはじまった。杉原たち家族や館員は、空襲のたびに防空壕へ避難したが、日に日に空襲の回数は増えた。

館員たちは、杉原一家に安全なところへ避難するようすすめたが、館員を残して自分たちだけで避難はできないと、杉原は残った。

だが、公使館にも爆弾が投下される危険が迫ってきたため、家族と用人をたちを連れて、杉原は安全な土地へ移動することに決めた。

ブカレストから遠く離れたブラショフという町の郊外に、ポヤナブラショフという別荘地の村がある。そこに借りた別荘に移った。

途中にあるブラショフの町はすでに空爆を受けて、悲惨な状態だった。

杉原はここの別荘から車でブカレストの公使館に通っていたが、連合軍とソ連軍との攻撃に晒され、公使館も閉鎖状態となった。

八月、ルーマニア国王は内閣を総辞職させ、連合国側に付くと宣言した。

連合国軍はパリに侵攻してドイツ軍を降伏させ、ついにフランスを解放した。

第七章

山本五十六の死

昭和十八年（一九四三）三月、真珠湾の奇襲成功から一年余。アメリカの反攻作戦が日増しに強まった。

奇襲作戦成功のあと、南雲中将がハワイから帰ってくると、山本は攻撃に参加した全指揮官を「長門」の停泊地柱島に集めた。

このとき、パールハーバーの勝利で山本から褒められたのは、飛行総隊長の淵田ただ一人だけだった。あとの全員に対しては、

「お前たち、緒戦の一勝なんぞにおごっちゃいけないよ。勝って兜の緒を締め直すときなんだ」

と、戒めた。

一方的に勝ちまくっている戦況に、国民世論はもちろん、海軍部内の緊張感も薄れてきていた。山本はそれを警戒していたのだ。

真珠湾攻撃では、結果として三つの大きなミスがあった。

一つには、アメリカの空母がまったくの無傷だったこと。空母「エンタープライズ」と「レキシントン」は真珠湾の外にいたのだ。

二つには、緒戦の痛手で、アメリカの戦意が喪失するだろうと判断したが、

アメリカ国民の「ネヴァー・ギブ・アップ」精神に火が点き、かえって敵愾心を煽ることとなった。

三つには、すぐに、早期講和に入る予定だったが、軍部にも国民にも、戦意昂揚気運が高まった。

また、真珠湾攻撃は、いわゆる第一段作戦であり、大本営は真珠湾のあとの第二段作戦について、海軍と陸軍の意思統一をはかる時間がないまま戦争をスタートしたという経緯があった。

つまり、第一段作戦で開戦し、終結、講和のための第二段作戦のプログラムができていないまま開戦したのだ。

海軍部内にあっても、山本の作戦思想に統一された連合艦隊の幕僚たちと、東京の六本木にいる海軍軍令部の参謀たちとの間に、第二段作戦についての調整ができていなかったのである。

このことがのちのち、陸軍と海軍、大本営と前線部隊との間に意思の統一がはかられず、指揮命令系統に齟齬をきたすという、日本軍の大きな欠陥を生じさせることにもなる。

かつて日露戦争のとき、大陸に出兵する陸軍の大山巌元帥が、海軍大臣の山本権兵衛に「終末たのんまっせ」と言った。すると山本は「よろしい。終末引き受けもした」と答えた。それで大山は安心して大陸に出かけた。

この会話からは、開戦と終結の戦略と政略が完全に一本化されていたことが読みとれる。

山本は連合艦隊の参謀たちに、とにかく早急に第二段作戦のプランを立てるように命じた。

連合艦隊のスタッフは、参謀長宇垣纏少将、先任参謀黒島亀人大佐、戦務参謀渡辺安次中佐らだった。

日本陸海軍は、緒戦において真珠湾、マレー沖海戦で勝利し、ひき続きシンガポール、香港、フィリピン、東ティモールを占領するなど、破竹の勢いで連合国軍を破っていった。

ところが、昭和十七（一九四二）年六月のミッドウェー海戦で、海軍は、「赤城」「加賀」「蒼龍」「飛龍」の主力空母四隻を失う事態に陥った。このあたりから、アメリカ軍の本格的反攻がはじまる。
ことに、ミッドウェー海戦での敗北は、その後の日本の敗戦を決定づけたと
もいえよう。
第二段作戦については、大本営の主張する「フィジー・サモア攻略」と山本
連合艦隊司令部の主張する「ミッドウェー攻略」が真っ向から対立していた。
「フィジー・サモア攻略」は、フィジーとサモアを攻略して、アメリカとオー
ストラリアを遮断する作戦であるのに対し、「ミッドウェー攻略」は、真珠湾
攻撃で無傷だったアメリカの空母と機動部隊を西太平洋に誘い出して、一気に
叩き潰そうとする作戦だった。
そのためには、日本の機動部隊が敵の正面に進出しなければならないが、そ
の「正面」がミッドウェーだった。
連合艦隊の作戦がそう決まった段階でさえ、大本営の陸軍参謀本部と海軍軍
令部は、「フィジーへ行け」「いや、ミッドウェーだ」とぐずぐずして、はっき
りした作戦を決められないでいた。
ことに陸軍は、米英との長期戦によって勝利を得る、つまり「大東亜の支

配」というとんでもない思想に突き進んでいたから、山本の主張する早期講和思想と対立していた。

そうこうしているうちに、アメリカの空母から発進した空襲部隊が、なんと、東京上空に侵入してきたのである。

B25爆撃機が無防備の東京に爆弾を投下したあと、そのまま中国大陸まで飛行し、中国軍基地に着陸するという離れ業をやってのけた。完全に日本海軍の常識を打ち破った作戦だったのである。

これにより、大本営もついに連合艦隊司令部の主張するミッドウェー攻略を認めざるを得なくなった。

山本五十六（いそろく）の考えは、ミッドウェーを攻略し、アメリカ機動部隊を殲滅（せんめつ）して日本軍優位の戦況を作り出し、アメリカに和平交渉を突きつけて講和に持ち込む、ただその一点だった。

連合艦隊司令部の作戦ディテールは完全にできあがっていた。ミッドウェー攻略作戦は、南雲機動部隊がまずミッドウェー島を攻撃し、潜水艦と偵察機による索敵（さくてき）でアメリカ機動部隊を捕捉（ほそく）した段階で、島の攻撃を中止し、全力で敵艦隊を攻撃するというものだった。

昭和十七年六月五日、アメリカ機動部隊が西太平洋に進出してきた。敵の空母は「レキシントン」「ヨークタウン」「エンタープライズ」「ホーネット」の四隻だったが、その前哨となったポートモレスビーの戦いで、井上成美中将指揮下の「瑞鶴」「祥鶴」が「レキシントン」を撃沈していたから、アメリカ空母は三隻になっていた。

対する日本軍は、「赤城」「加賀」「蒼龍」「飛龍」「瑞鶴」「祥鶴」の六隻で、圧倒的に優位だった。

だが、この海戦は索敵の失敗と機動部隊の指揮、命令の大混乱により「加賀」「蒼龍」が沈められ、「赤城」が大破するという大敗を喫してしまった。

この作戦中、機動部隊司令長官の南雲中将からは、

――本職「長良」ニ移乗シ、北方へ退避セントス

という信じられない電報が打電されてきた。

機動部隊の大敗と混乱を察した第二航空戦隊司令官山口多門少将は、「飛龍」の艦上から、

――ワレ指揮ヲトル

と打電した。つまり、指揮能力を失った南雲中将からこの作戦の指揮を引き取るという意味である。

結局、アメリカ側はこの勝利で優位に立ち、以後、南洋諸島の日本軍基地はつぎつぎと陥落していくのである。まさに、この大戦の敗因はミッドウェー海戦の敗北にあると言ってもよい。

大破した「赤城」は、まだ洋上に浮かんでいた。

連合艦隊司令部の作戦室では、先任参謀の黒島大佐が山本長官に直訴していた。赤城の処分についてである。

「長官、赤城はまだ沈んでおりません。生きている赤城を置き去りにして引き上げるのは、ぜったいにいけません」

黒島大佐は泣きながら訴えた。

もし赤城がアメリカ軍によって収容され、ニューヨークの沖に晒(さら)されれば、世界中に日本海軍の弱体ぶりが喧伝(けんでん)される、というのが黒島先任参謀の主張だった。

これに対し山本は、

「赤城を残して下がれんなら、潜水艦の魚雷で沈めればよろしい」

と静かに言った。すると黒島参謀は、

「長官、陛下の魚雷をもって陛下の艦を撃沈することなどできません」

と抗弁した。すると山本は、

「よろしい。陛下には私が謝る」

と黒島参謀を諭した。山本長官のこの一言で、みんな押し黙った。

山本は、赤城が誕生したばかりの頃の艦長である。また、第一航空艦隊司令官のときは、赤城を旗艦にして座乗した。

赤城は山本にとって、日本の軍艦の中では自分の血を分けた子供のように可愛い艦だった。その赤城を「魚雷で沈めろ」という山本の心情は、誰よりも辛(つら)

いに違いなかった。

結果として、山本のこの決断と命令によって、日本の機動部隊は全軍退却できたのである。

赤城の曳航にこだわっていれば、退却作戦は失敗した可能性があったからだ。

八月にはソロモン諸島のガダルカナル島がアメリカ海兵隊の上陸によって奪還された。

ガダルカナル島には約三万五千人の将兵が駐屯していたが、米軍の攻撃によっておよそ二万人が戦死あるいは病死した。

そのため日本軍は、昭和十八年二月一日から七日までの間、三回にわたって残された約一万五千人の将兵をガダルカナル島から撤退させる「ケ号作戦」を展開した。

米軍の駆逐艦と戦闘機の攻撃に晒されながらも、この作戦は奇跡的な成功をおさめた。

(この作戦のあと、七月二十九日にもアリューシャン列島のキスカ島からの約

五千二百人の撤退にも成功した）

山本はソロモン諸島の戦況を打開するため、自ら「イ号作戦」を決定した。

この作戦は、ニューブリテン島にあるラバウルの陸上基地に飛行機とパイロットを上陸させ、米軍の一大拠点となっているガダルカナル島に徹底的打撃を加え、アメリカ軍の戦力を削いだのち、日本海軍の連合艦隊を思い切って後退させ、トラック島、サイパン島周辺にアメリカ太平洋艦隊を誘い込んで迎撃するという作戦である。

本来、空母から発進する飛行機を、陸の飛行場から発進させるこの作戦に、搭載機を抱える第三艦隊は徹底的に反対したが、山本の意思は固かった。

四月三日、山本はこの作戦の陣頭指揮をとるため、トラック島の連合艦隊錨地から、ラバウルの南東方面艦隊基地へ飛んだ。

連合艦隊の司令長官が最前線基地で作戦指揮をとるなど、普段はあり得ないことだ。

ハワイに司令部を置くアメリカ太平洋艦隊司令長官のニミッツ提督なら、第三艦隊司令長官のハルゼーを呼び寄せて作戦命令を下すことだろう。

ラバウルに着いたとき、夕刻から激しいスコールに見舞われた。

このときのスコールはとりわけ激しいもので、ラバウル基地周辺のみではなく、ソロモン諸島全域にわたる大型で広範囲のものだった。

このため、ガダルカナル島のアメリカ軍基地総攻撃は、二日遅れて四月七日と決められた。

山本はこの間、気になっていたラバウル病舎を訪ね、傷ついた将兵たちを見舞った。

赤道を越えた熱帯の地で、戦傷に苦しんでいる若い将兵たちを見過ごすことができなかったのである。

山本自身、二十一歳で日露戦争に初陣（ういじん）したとき、軍艦「日進（にっしん）」艦上で敵の砲弾を受け、左手の指二本を吹き飛ばされた。さらに、右大腿部（だいたいぶ）の肉をこぶし大ほどえぐられ、軍医から右足の切断まですすめられた経験がある。

だから、負傷兵に対しては、他人事（ひとごと）とは思えなかった。

それ以上に、山本は人の悲哀に人一倍敏感に反応する感性を持っており、この性格が、ある意味冷徹でなければならない軍のトップとしては、ときにアキレス腱となることもあった。「イ号作戦」を完璧に遂行するとなれば、負傷の将兵を残留させる局面が出るかもしれない。それは山本にとって耐え難いことである。だから、傷兵を見舞うことは山本の悲願だった。

そんな中、ラバウル初日の夕食会の席で、参謀長の宇垣から、とんでもない発言が飛び出した。自ら、ブーゲンヴィル島のブインを視察すると提案したのだ。

宇垣が参謀長に赴任したときには、すでに黒島先任参謀らによって「イ号作戦」は具体的なディテール段階にあり、宇垣の介入する余地はなかった。このため、宇垣は自身の日記に「やることがない」と書いているが、士気高揚のため前線基地の視察をすると言い出したのは、宇垣のそんな心境から出たものであろう。

山本は宇垣があまり好きでなかった。なぜなら、山本があれほど反対していた日独伊三国同盟締結に、宇垣は軍令部第一部長の立場で承諾を与えた張本人だからである。

だが、宇垣の発言を黙って聞いていた山本の心に変化が生じた。

（たしかに、宇垣の言うとおり、前線視察に出向いて将兵を励まし、傷病の兵を見舞いたい……）

つい先ほどまで病舎を見舞って、傷兵の苦しんでいる姿を目にした山本としては、前線の病舎も見舞いたいという気持ちが起こって当然だった。

山本は、ブーゲンヴィル島のブインとショートランド島視察の計画策定を、戦務参謀の渡辺中佐に命じた。

視察時間の中に、ブイン第一根拠地隊の病舎を見舞う時間を必ず入れるよう、念を押した。

『ラバウル海軍航空隊』（佐伯孝夫作詞、古関裕而作曲）という戦時歌謡がある。

銀翼連ねて南の前線
ゆるがぬ護りの海鷲達が
肉弾砕く敵の主力

栄えある我らラバウル航空隊

まさに、故郷や家族への思いを胸に、この歌を口ずさみながら、ラバウル基地の若きパイロットたちは南の海に飛んでいった。

「イ号作戦」による総攻撃初日の四月七日、ラバウルの空は蒼く晴れわたった。

山本は白い軍装に身を包み、宿舎の丘を降って飛行場に向かった。

このときの様子を、「読売報知」の日野海軍報道班員はこう綴っている。

――いよいよ爆撃行の朝は来た。飛行服に身を固めた海鷲たちが、続々集結する。文字どおり眉宇に烈々たる闘魂を秘めた海鷲たちである。刻々出発の時は近づく。と、それを見送る人々の中に見なれぬ提督の姿があった。山本司令長官なのだ。

すっと立った長身を白服に包み、厳粛な風貌のうちにも、慈父の如き温顔を海鷲たちの上にそそいで、黙々と立つ山本長官。

若き海鷲の血に流れる感動が、記者の胸にもこみあげて来た。

ああ山本長官の陣頭指揮。それは同時に、この空の戦いの重要性、戦いの烈しさをあらわしていた

日野記者が綴ったように、山本は飛行場で一機、また一機と飛び立って行く若いパイロットたちを、最後の一機まで見送った。

山本自身が語っているように、

「最高指揮官が、前へ、前へと、敵に引き寄せられるように出て行くのは、あまり感心したことではない」

まったくそのとおりである。最前線の基地で、パイロットの出撃を連合艦隊司令長官が毎回見送るというのは、異例のことである。

海鷲たちの機影が視界から消え去ると、山本は、不機嫌そうにむっつりした顔で宿舎に引き上げた。

自分が創案した革新的機動戦術によって、緒戦の真珠湾攻撃は圧勝した。

だが、ミッドウェー海戦以後のアメリカ反攻軍の前に、日本軍の作戦はまったく威力を発揮しなくなった。

山本は最高指揮官だけに、誰よりもこのことを認識していた。

ただ、その気持ちを部下の前では微塵も出してはならない。

自室にいる山本は、祈りにも似た敬虔な気持ちで、明治天皇の御製を静かに謹写していた。そこには、孤独な指揮官の影があった。


四月十三日、午後五時五十五分。

南東方面艦隊司令部より、山本司令長官が視察訪問する各基地指揮官宛に極秘電報が打たれた。

NTF機密第一三一七五五番電
連合艦隊司令長官、四月十八日、左記ニヨリ「バラレ」「ショーランド」「ブイン」ヲ巡視セラル
(1)〇六〇〇中攻（戦斗機ヲ六機付ス）ニテ、「ラバウル」発
〇八〇〇「バラレ」着
直チニ駆潜艇（アラカジメ一根ニテ一隻ヲ準備ス）ニテ〇八四〇「ショートラ

ンド」着
〇九四五右駆潜艇ニテ「ショートランド」発
一〇三〇「バラレ」着（交通艇トシテ「ショートランド」ニハ大発「バラレ」ニハ内火艇準備ノコト）
一一〇〇中攻ニテ「バラレ」発
一一一〇「ブイン」着一根司令部ニテ昼食（第二六航戦先任参謀出席）
一四〇〇「ブイン」発
一五四〇「ラバウル」着
(2)実施要領
各部隊ニテ簡潔ニ現状申告ノ後、隊員（一根病舎）ヲ視閲（見舞）セラル但シ各部隊ハ当日ノ作業ヲ続行ス
(3)各部隊指揮官
陸戦隊服略綬トスル外、当日ノ服装トス
(4)天候不良ノ際ハ一日延期セラル本電使用暗号書波一軍極秘

山本長官の巡視スケジュールが、実に詳細に記された電報である。

この電報は、南東方面艦隊司令部通信参謀の手によって作られたものであるが、当然、宇垣連合艦隊司令部参謀長も目を通し、裁可している。宇垣は、軍令部第一部長の在職経験から、日本海軍の機密電報には過剰な自信をもっていた。

だが、この電報は致命的なミスを犯した。

本来、この種の電報を打つときは、

A電――巡視予定はX日、巡視時刻

B電――X日は十八日

C電――搭載機と護衛戦闘機の機種・機数

を別々に、日を変えて打つ。

A、B、C、三つの電文が組み合わされて、はじめて完全な電文ができあがる。

ところが、打電された電報は、A、B、Cの電文すべてが組み合わされた完全な電文として打電されてしまった。

海軍としては、機密度の最も高い暗号で打電したが、ハワイのワヒアナ通信局の無電聴取班がこれを完全に傍受し、解読した。

これを受け取ったショートランド基地の司令官城島高次少将は、十七日にラボール基地で行われた「イ号作戦」研究会に出席した。城島は、最前線基地司令官のシャープな感覚で、この視察は危険と判断し、山本長官に視察の中止を進言した。

だが、山本は城島の進言を容れなかった。

城島はつぎに参謀長の宇垣に喰ってかかった。

この視察計画の発案者が参謀長の宇垣であることを知ったからだ。

「参謀長の貴様がおそばに付いていながら、長官をわざわざ危地に送り込むようなことをするとは何ごとだ!」

城島と宇垣は、海軍兵学校のクラスメートである。

(宇垣ともあろう男が、こんな計画を立てるとは……)

城島は宇垣に憤りを感じた。

しかも、研究会の席でこんどは宇垣と南東方面艦隊司令長官の草鹿任一中将が激しく言い争った。

前線部隊への飛行機や機関銃の配分をめぐってのことだったが、見かねた山本が「研究会中止！」と割って入った。

その夜、ラバウルに集まった将官たちと山本は、なごやかな夕食の卓を囲むこともなく、みんなばらばらと宿舎に引き上げた。

山本視察の暗号電は、ハワイ時間四月十四日午前八時、ニミッツ提督のもとに届けられた。

ニミッツはすぐに山本襲撃の決断をし、アメリカ太平洋艦隊司令長官ウイリアム・ハルゼー長官に山本襲撃に関する作戦の権限を与えた。

だが、このときハルゼーはオーストラリアに飛んでいたため、実際にニミッツの電報を受け取ったのは、次席指揮官のウィルキンソン中将だった。

ウィルキンソン中将は、ガダルカナル基地航空司令官のマーク・ミッチャー少将に、山本襲撃の可能性について問い合わせると、ミッチャー少将はためらわず「ＯＫ」の返電を送った。

ミッチャー少将はすぐに幕僚たちを集めて作戦会議に入ったが、この作戦は極めて危険、かつ困難であることがわかった。

ミッチャー少将の幕僚であるヴィッセリオ大佐の提案で、山本襲撃の指揮官は、ジョン・ミッセル少佐と決まった。

ヴィッセリオ大佐はミッセル少佐を電話で呼び出し、「地下壕司令部へ来い」と命じた。

このときミッセル少佐は、「トムも連れて行く」と言った。トムとは、トーマス・ランフィア大尉のことだ。

ランフィア大尉は、日本海軍基地襲撃で数々の戦果をあげている、有能な青年パイロットだった。

地下壕司令部でミッセル少佐は一通の電文を手渡された。その電文には、

――第三三九戦闘機隊ハ全力ヲ賭シテ　ヤマモト機ヲ捕捉撃滅セヨ　大統領ハコノ作戦ヲモットモ重要視スルモノデアル
こう書かれていた。

十八日、日本時間午前五時二十五分、山本機襲撃隊のミッセル少佐率いる米陸軍P38型戦闘機（愛称「稲妻（ライトニング）」）十八機が、ガダルカナル島のヘンダーソン飛行基地から飛び立った。

一方、ラバウル基地の山本は午前六時きっかり、予定どおり西飛行場から飛び立った。

一式陸上攻撃機の一番機には、山本長官、軍医長、樋端（といばた）参謀、福崎副官が乗り、二番機には宇垣参謀長、主計長、気象長、今中・室井の両参謀が乗った。

それより少し前に東飛行場から飛び立った六機の護衛戦闘機が、山本機を迎えて編隊を組み、機首をブインに向けた。

山本機が飛び立ってから一時間三十分後、バラレの飛行場まであと十五分の地点に達した。

この地点は、ミッセル少佐が襲撃地点と定めたところである。

ミッセル少佐は、ヘンダーソン飛行基地からブインまでの飛行コースを五つのレグ（区間）に分け、その間、四か所の変針ポイントを定め、地形目標の乏しい洋上の長距離飛行を、コンパスとストップウォッチを頼りに、正確に飛行した。

山本機とアメリカ機は、まさにその地点で接近し、ミッセル少佐の編隊が、二分ほど早く日本の編隊を発見したのだ。

この二分の差が、アメリカ機に終始優勢を与えてしまった。

アメリカ機はすぐに山本機の襲撃態勢に移った。

やや遅れて、陸攻一番機がふいに襲ってくる双胴機（そうどうき）を発見した。

「敵襲！」

ほんのわずか、避退の機会を失った山本機のパイロットは、すぐに急降下をはじめた。

彼は、ブーゲンヴィル島のジャングルの上を這（は）うような低空を、急速で飛行し続けた。

日本の護衛機である「零戦」から執拗（しつよう）な攻撃を受けた、「トム」ことトーマス・ランフィア大尉は、横転、また横転の危険な飛行をくり返し、零戦の追撃をかわしていた。

ところが、まったく偶然に、屏風のように突っ立ったジャングルの上を、山本長官の乗った濃緑色の双発機が、すっと横切った。

ランフィア大尉は、この一瞬を逃さなかった。

零戦に襲われる危険を忘れ、ぐっと機首を立て直すと、目前の山本機に機銃の照門をとらえて食いさがった。

そして、機銃ボタンに力を込めた。

山本機の右エンジンが火を噴き、右翼から激しく火の手があがった。

黒煙と火の手をあげながら、山本機はジャングルの中に消えた。

直後、墜落したジャングルの中から、一条の黒煙が立ちのぼった。

連合艦隊司令長官山本五十六提督戦死の瞬間である。

第八章　命のリレー

カウナスの領事館で、外務大臣松岡洋右の訓令電報に背き、押しかけたユダヤ難民たちに杉原は独断でビザを発給したが、ビザを受け取った難民たちには、過酷な逃避行が待ち受けていた。

カウナスを出発した難民たちは、まずモスクワをめざした。

このときの駐ソ大使は建川美次だった。

建川は新潟出身の元陸軍中将で、陸軍師団長などを経て退役し、昭和十五年（一九四〇）から駐ソ大使を務めていたが、越後人らしく、気骨のある温厚な人物だった。

日露戦争のとき、陸軍騎兵中尉として出征した建川は、大山巌元帥の特命を受け、将校斥候としてロシア軍勢力の奥地に入り込んで敵情視察を行うなど、のちに「敵中横断三百里」として少年雑誌の人気モデルにもなった人である。

建川はカウナスの杉原から、

――ビザを発給した多数のユダヤ人難民が、モスクワを経由してウラジオストクに向かうと思われますので、格別のご配慮をお願いしますという趣旨の電報を受け取っていた。

その建川が、本国に伺いをたてた。

――目下、ソ連領内に約八百名のポーランド避難民（ユダヤ人）がいる。ウラジオストク経由だけでは移動が困難であるから、その一部を満洲（まんしゅう）経由としたい。例外として、約四百名に対し満洲国通過ビザを発給したいが、いかが

という内容である。

ユダヤ人たちにとっての恐怖はナチスだけではなかった。彼らは、ソ連の秘密警察にも脅（おびや）かされていたから、ソ連領内の通過もまた命がけだった。

建川はこのとき、ユダヤ人難民の様子を、

――住む家もなく帰る所なく、進退きわまれり

と伝え、満州国通過ビザの発給を本国に求めたのである。

これに対し外務省は、ビザの発給は百名にしか認めず、さらに難民が日本を通過するには、あくまで行先国の許可が必要だと命令してきた。

これに対し建川は、

――百人の受け入れでは少ない。杉原ビザの発給枚数と整合性がとれないことを、どう扱えばよいか

と猛烈に抗議した。

建川の抗議に対し外務省は、

――今後は、モスクワの日本大使館以外では難民に通過ビザを与えてはならない

と、新たなユダヤ人難民取り扱いの方針を伝えてきた。

建川は納得せず、

――実害なき者は従来どおりビザを与えるよう再審議すべし。新しい取り扱いの決定は実情に即していない

と返電し、建川もまた独断で杉原ビザに証明を与えた。

こうしてモスクワからシベリア鉄道に乗り込んだ難民たちは、ひたすら東をめざした。

途中の駅でソ連の秘密警察に連行され、行方不明となった者もある。彼らにとって恐怖は消えないのだ。

およそ二週間かけて、難民たちはシベリア鉄道による逃避行を乗り越えた。大半の者がウラジオストクに辿（たど）り着いたが、途中、満洲里（マンチュウリ）駅を経由して上海（シャンハイ）に向かった人たちもいる。

ウラジオストク総領事館には根井三郎（ねいさぶろう）という総領事代理がいた。

根井は宮崎県の出身で、杉原と同じように外務省の留学生として日露協会学

校（ハルビン学院）に学んだ人で、杉原の二年後輩に当たる。
日露協会学校は後藤新平によって設立された、満州国における最高学府だったが、設立者後藤新平の教えは『自治三訣』だった。
自治三訣とは、
〇人のお世話にならぬよう
〇人のお世話をするよう
〇報いを求めぬよう
というものである。
杉原にも根井にも、この教えは深く心に刻まれていた。
シベリア鉄道に乗って続々とウラジオストクにやって来たユダヤ人難民たちは、そこから船に乗って福井県の敦賀港に渡り、さらに神戸や横浜へ向かい、しばらく滞在したあと、新天地のアメリカ大陸をめざすのである。
難民の中には、ビザを持っていない者もいて、日本総領事館にビザの発給を求めてきた。根井はこの状況を外務省に伝えたが、外務省は、

――難民たちへの渡航を許可してはならない。新たなビザの発給は、モスクワの日本大使館のみに権限を限定する

と通告してきた。

日本政府のユダヤ人難民に対する処遇は、はっきりしていた。

昭和十三年（一九三八）十一月には、ユダヤ人難民の日本入国を禁止する方針を決めており、十四年から十五年にかけて、ユダヤ人難民の日本通過を制限したうえ、ビザの事前審査、上海への渡航までも制限を強化した。

だが、日本政府がユダヤ人を嫌悪したのかといえばそうではない。

外務大臣の松岡洋右は、ユダヤ人に対してむしろ好意的だった。

松岡が満鉄総裁を務めていた昭和十三年に起きた「オトポール事件」のとき、満州国政府外交部の反対を押し切り、オトポール駅に避難してきたユダヤ人難民を救うため、ハルビン特務機関長樋口季一郎の要請をうけ、特別列車を仕立ててハルビンまで輸送したのは、ほかならぬ松岡だった。

ただ、ドイツと同盟国となった日本の外務大臣というい まの立場上、あから

さまなユダヤ人救済はできない状況に立たされていたのである。

その証拠に、ユダヤ人の扱いに関する訓令電報は、すべて「普通電報」だった。訓令電報のうち、重要な内容はすべて「秘密電報」にすべきだが、松岡が各国の公館宛に送ったのは、すべて「普通電報」だった。

これには松岡の思惑（おもわく）があった。仮に電報がドイツ政府に洩（も）れた場合でも、

――日本政府は、我がドイツ政府のユダヤ人政策に協力的である

との判断をさせるための配慮である。

それはさておき、ウラジオストクの日本総領事館へ届いた外務省のユダヤ人扱いに関する訓電は、

――杉原のビザがあっても、日本への入国を許可してはならない

という厳しいものだった。

根井は、外務省の先輩外交官であり、しかもハルビン学院の同窓でもある杉原が、人道上やむにやまれず、外務省の命令に背いて、独断でビザを発給したことを承知していた。

根井は外務省との間で、ビザの取り扱いについて何度もやりとりしたが、外務省の回答は、

──一九四〇年十二月二十日以前に発給された日本通過ビザは、すべてモスクワ大使館またはウラジオストク総領事館で再検閲のうえ、行き先国の入国手続きが証明された場合に限り検印、記入し、しかる後に乗船させせよ

という素っ気ない回答であり、ユダヤ人難民の現実を無視したものだった。

そうこうしているうちに、シベリア鉄道に乗ってウラジオストクにやって来る難民が町にあふれた。

ウラジオストクと福井の敦賀港を結ぶ欧亜連絡船はひと月に三度の往復便しかない。

これ以上放っておくと町にあふれたユダヤ人難民はソ連当局によって強制連行される恐れもあった。

二週間も列車に揺られ、満足な食料も摂らずにやって来た人たちの顔はみなどす黒く、憔悴(しょうすい)しきっていた。

モスクワからここまでひと月以上かかった人たちもいる。

途中のモスクワで、難民が所持するお金を使わせるため、ソ連の役人によってあえて滞在期間を延ばされたという。

外務省の方針に従えば、「杉原ビザ」はすべて無効である。

根井は本国外務省に不信感を抱き、外務大臣松岡洋右宛に打電した。

――帝国領事の査証を有する者について、遥々(はるばる)当地に辿り着き、単に第三国査証が中米行きとなりおるとの理由にて、一律に検印を拒否するは、帝国在外公館査証の威信より見るも面白からず。また査証を有せざる者に対しても単に避難民取締簡易化の見地よりのみ、当館にて査証の発給を停止するは、彼等がモスクワへ引返し得ざる事情よりするも、適当ならず(、点筆者付す)

要は、杉原ビザの効力を認めてほしいと訴えているのだが、外務大臣宛の電文に、一外交官が「面白からず」と表現していることに、根井の反骨と決意が見てとれる。

根井の粘り強い訴えに、とうとう外務省も折れて、すべてのユダヤ人難民が日本行きの船に乗ることができた。

敦賀港に着いた難民たちは、そこから列車で神戸に向かったが、滞在期間の短さという壁が、また彼らの前に立ち塞がった。

日本滞在中にビザの期限が切れれば、再び強制送還されることになる。そうなれば、異国への逃避は絶望的となるのだ。

困り果てた難民たちが頼ったのが、神戸に住むユダヤ人たちだった。

神戸ユダヤ人協会は、同胞たちの命を救うために立ち上がった。

しかし、大きな問題は、滞在期間が僅か十日ほどでは、すでに行き先の決まっている人はいいが、これから受け入れ先を探す人には、ほぼ不可能な日数だったことだ。

神戸ユダヤ人協会は外務省にかけ合ったが、いっこうに埒があかなかった。しかも、敦賀港には通過ビザを持たない七十人余りの人たちが上陸を許されず、船内に取り残されているというから、彼らの救出も急がねばならなかった。

そこで神戸ユダヤ人協会が頼りとしたのが、鎌倉に住んでいる小辻節三という日本人学者だった。

小辻は、京都加茂神社の神官の家に生まれ、子供の頃から神道と武士道を学んだ。

長じては明治学院大学で神学を学び、牧師となったのち、アメリカへ渡って聖書の研究につとめた人である。

帰国後、青山学院大学で教鞭をとっていたが、同時にユダヤ教の研究に熱心だった。

病に倒れて大学を辞職したあと、一時、銀座に「聖書原典研究所」を設立し、そこでヘブライ語と聖書を教えはじめたが、ユダヤ教を嫌う大学関係者や宗教関係者から嫌がらせを受け、その研究所もわずか三年で閉鎖に追い込まれた。

ヨーロッパでユダヤ人の迫害がはじまった、ちょうどその頃である。

そんな不遇の小辻に手を差し伸べたのが、当時満鉄総裁の松岡洋右だった。

満州には、ユダヤ人迫害の嵐から逃れて来た人たちが大勢暮らしていた。

「オトポール事件」が起きたのもその頃のことである。

満鉄総裁の松岡は、ユダヤ人の資金や経営能力を、満州国発展の力にしようと考えていた。

そこで、ユダヤ人に詳しい小辻に目をつけたのだ。

自分の語学力やユダヤ人知識が役にたつのであればと、小辻は松岡の要請を受けた。

小辻の名を一躍有名にしたのは、昭和十四年にハルビンで開かれた「第三回極東ユダヤ人大会」だった。

この席に招かれた小辻は演壇に立ち、

――いつの日にか、イスラエルの地にユダヤの旗が翻（ひるがえ）ることを希望すると、ヘブライ語でスピーチした。

ユダヤ人たちは小辻の流暢なヘブライ語に驚くとともに、その演説に感動した。

その小辻が満州から帰国して日本にいることを知った神戸ユダヤ人協会のA・ポネヴィジスキーは、さっそく小辻と連絡をとった。

小辻は、ポネヴィジスキーと会って話を聞き、自ら神戸に向かって実情を調べているうちに、幼い頃から学んだ武士道の教えが蘇った。

――義を見てせざるは勇なきなり

である。

武士道は振る舞いを律する掟であり、戦場での勇敢さや死に直面したときの気高さという美徳、礼儀正しさ、誠実さ、忠誠心という品性を重視するものである。

（神戸のユダヤ人難民をこのまま放っておけば、強制送還されてしまう……）

いまこそ彼らの窮状を救ってやらなければ、自分がこれまで積み重ねてきたユダヤ研究そのものの意義を失ってしまう。

小辻は鎌倉の自宅から東京の外務省に何度も足を運び、ビザの延長と敦賀に上陸できない難民の救済を担当官に陳情した。

小辻の熱心な働きかけによって、外務省は人道的立場から、敦賀とウラジオストクの洋上をさまよっている難民の入国を、ついに認めた。

だが、滞在期間延長の申し入れに対しては、

――今後一切ビザ延長を求める行動は許さない

と小辻に釘（くぎ）を刺した。

行き詰まった小辻の脳裏（のうり）にふと浮かんだのが、満鉄時代の上司であり、いまは外務大臣の要職にある松岡洋右だった。

小辻は思い切って松岡への面会を求めた。

「え、大臣に面会？　大臣に面会などできません」

応対の担当官には軽くあしらわれた。

「はい、面会できなくても結構です。ただ、鎌倉の小辻がここにいるとだけ、大臣に伝えていただければ……」

「あなたも変わった人だなあ」

そう言って担当官は席を離れた。

しばらく待つと、さきほどの担当官が戻ってきて、

「大臣が会うそうです」

担当官は驚いた様子で、小辻を大臣室に案内した。

「よー、小辻君久しぶりだね。今日はまた、どういう風の吹き回しだい。こんなところへ顔を出すなんて」

松岡は小辻の来訪に驚き、椅子から立ち上がって、小辻の手をとった。

応接テーブルを挟んで松岡と向き合った小辻は、これまでのいきさつを述べた。

「そうか、そういうことか。わしのところには、なかなかそういう話が上がってこないんだよ。困ったものだ」

それでなくても時節柄多忙な大臣である。細かなことはいちいち大臣の耳に入れないのであろう。

カナウスの杉原が、松岡大臣宛の電報を打ったとしても、それが直接大臣に届くわけではなく、外務官僚たちの手によって処理されてしまうのが実情であったのだろう。

「小辻君、大臣といえども、できることとできないことがある。滞在ビザ延長の問題は、ちと難しいなあ」

「大臣、そこをなんとか……。これはユダヤ人云々ではなく、人間の命にかかわる問題であります」

「きみの気持ちはよくわかる。だが、この問題は根が深くてね、外務省だけでは判断できないんだよ。つまり、国策ということだよ」

松岡のいう国策が、ドイツとの同盟関係にあることは、小辻にも理解できた。

松岡は悩んだ。小辻の要求を聞けばドイツとの関係が難しくなり、一方、ユダヤ人を救えばアメリカとの関係はよくなる。それが松岡のいう根が深い問題なのだ。

「そうだ、小辻君、ちょうど昼時だから、いっしょに飯でも食おう」

松岡は小辻を昼食に誘った。

二人きりの部屋で食事をすませたあと、松岡がぽつりとこぼした。

「小辻君、これは私の独り言だから、聞いても聞かなくてもいいんだが、実は、滞在期間の延長実務は外務省ではなく、地方の役所にその権限があるんだよ」

「……」

「つまり、きみの要求は外務省ではなく、神戸の役所に訴えるべきなんだがねえ」

「大臣……」

松岡は、小辻が神戸の役所と直接交渉すれば、外務省は見て見ぬふりをすると、重大な暗示を示してくれたのだ。

このときの松岡の言葉を、のちに小辻はこう語っている。

――（松岡大臣の言葉は）地獄に仏の知恵でありました

と。

小辻はすぐに滞在許可証の窓口である神戸の警察署に向かい、「ユダヤ人問題について協力したい」と幹部に面談を求めた。

一回、二回の面談ではあえて滞在許可の件を話題にしなかった。

三回目、この人ならばと信頼関係のできた警察幹部を夜の食事に誘い、その席で初めて、

「ユダヤ人難民たちに滞在許可の延長をお願いします」

と頭を下げた。

神戸の外国人居住区にあふれたユダヤ人難民の対策に頭を痛めていたその警察幹部は、

「わかりました。難民のすべてが早期に外国へ向かうのであれば、私の権限で滞在期間を十五日ほど延長しましょう」

こう言って、あっさり認めてくれた。

十日の滞在期間が二十五日に延長されたのである。さらに、それでも行く先の決まらない難民には、申請をくり返して滞在期間を延ばすことまで認めてくれた。

こうして、神戸のユダヤ人難民たちは次々と神戸港や横浜港から出航し、めざす大陸へと旅立った。

昭和十六年の秋頃には、ほとんどの難民がいなくなった。

カナウスの杉原領事代理の英断によって発給された「命のビザ」は、モスクワの駐ソ大使建川美次から、ウラジオストク総領事代理の根井三郎にバトンタッチされ、さらに在野学者の小辻節三、外務大臣の松岡洋右に繋(つな)がれて、六千人にもおよぶユダヤ難民の命が救われたのである。

まさに、杉原・建川・根井・小辻・松岡と、五人のサムライたちによる「命のリレー」が実ったのである。

エピローグ

敦賀(つるが)港に上陸したユダヤ人難民たちは、地元の人たちに温かく迎えられた。

このときの様子を敦賀のある人はこう振り返る。

——小さな貨物船でユダヤ人が甲板(かんぱん)一杯にいた。嬉(うれ)しそうに話をしていた。男、女、子供の声が聞こえた。ほんとうに嬉しそうだった。甲板の人が気づいて自分たちに手を振ってくれた。いま考えると生涯で出会った最高の笑顔だった

ユダヤ人難民たちにとって、敦賀の宿の畳と布団(ふとん)の温(ぬく)もりは、まさに命の温もりだったに違いない。

所持金の少ない難民たちは、腕時計や指輪、ネックレスをはずして町の時計店を訪ね、宿泊代や食べ物を買うお金に換えた。

お金を受け取った人たちは、駅前のうどん屋に駆け込み、日本のうどんをおいしそうにすすった。

そんな難民たちに、敦賀の人たちは親切だった。銭湯(せんとう)を開放し、おにぎりを

恵んだ。

そのとき初めてバナナを口にした難民の一人は、のちに、

――あんなおいしいものは、生まれて初めて口にした
と語っている。

お金のない難民の宿泊所として、お寺の本堂が無償であてがわれた。敦賀の人々のおもてなしは、難民たちにようやく人間らしい笑顔を取り戻させた。

また、朝日新聞社の取材に、別の難民はこう答えている。

――妻が日本海の海上で赤ん坊を出産した。同乗していた日本の警察官も医師もみんな親切だった。特に、医師のすばらしいのには驚いた。上手なドイツ語にラテン語さえ知っている。知識の深さ、器用な手つき。敦賀へ着くと予期せぬ厚志に満ちた日本人の取り計らい、美しい風景。宿の女中は妻のためにニコニコと氷やパン、ミルクを買ってくれる。このおかげで妻は命拾

いをした

戦後、避難生活を振り返って、日本人のもてなしに感謝する人は多い。ニューヨーク在住の医科大学教授シルビア・スモーラーさんは、当時の様子をこう語っている。彼女は六歳のとき、両親と一緒にウラジオストクから敦賀にやって来た。

――日本には二、三か月滞在し、ほかのユダヤ人と京都への小旅行もして、清水寺をバックに記念写真も撮った。恐怖を逃れ、とても楽しい日々を過ごした。日本人はとても親切にしてくれた

彼女はいまニューヨークの高校生を対象としたエッセイ・コンテストを行っているというが、そのポスターには「正しいことをしよう」と書き込まれ、杉原千畝夫妻の写真が刷り込まれている。

もう一人、

——杉原氏の存在は、私たちにとって、暗闇の中に照らされた一本の蠟燭（ろうそく）のような、希望の光でした

と述懐する人がいる。

当時二十歳の青年だったサムイル・マンスキー氏。氏は、

——船が着いたのは敦賀の港です。暗い印象のソ連領を通過してきた私の目には、敦賀はまるでおとぎの国のように美しい、小さな町として映りました。そこから列車で神戸に移動。私たちはアメリカに向けて出発するまでの二か月半を神戸で過ごしました。私は町を散策し、神戸の人々と身振り手振りでコミュニケーションをとりましたが、みなさんに大変よくして頂いたことを鮮明に覚えています

と語っている。

そのサムイル氏は、杉原千畝に敬意を表するため、アメリカ・マサチューセッツ州のユダヤ協会の中に、杉原の記念碑を建てることに尽力した。

その碑には英語、日本語、ヘブライ語で、

杉原千畝
在リトアニア　日本国領事
激動の1939-1941年の間に在勤。
杉原氏により給付された二千あまりのビザは、六千のユダヤ人の命を救い、後に三世代、三万六千の命の源となる。
獅子のような心を持つ力ある者
サムエル記Ⅱ、17:10

と刻まれている。

昭和二十年（一九四五）八月十五日、日本は戦争に敗れてポツダム宣言を受諾する。

その一週間前の八月八日には、ソ連が突然日本に対して宣戦布告し、ソ連軍が満州に雪崩れ込んだ。

七月に、杉原一家は、ソ連軍に拘束されるのを覚悟してブカレストの公使館に戻った。

ブカレストの町はソ連軍であふれ、ソ連兵がのし歩いていた。

やがて、日本公使館の関係者と家族はソ連軍兵士によってに軟禁された。

公使館に駐在していた陸軍武官補は、

――我々が敵国となったソ連に連れていかれたら、それは捕虜になったのと同じことだ。捕虜として、恥を晒して生きることはできないから、そうなったらこの軍刀でみんなを切って、おれも自決する
などと物騒なことを言って、かたときも軍刀を離さない。

「そんな軍刀で簡単に殺されてたまるものか」

杉原が吐き捨てた。

「ほんとね。ソ連軍より日本人武官のほうが怖いわね」

幸子（ゆきこ）も夫にそう応じた。

だが、日本の降伏を知ったその武官補は、急に弱気になった。

そのうえ近頃では、ソ連軍が北海道に侵攻したなどと話す人もいる。

本国の外務省や近隣国の公使館、領事館とも連絡がとれず、情報がないのが原因なのだろう。

公使館の隣にあるルーマニア人の家族とは親しいつき合いをしていたが、幸子はそこの夫人から、

「もしソ連軍によってシベリアにでも抑留（よくりゅう）されるようなことになったら、垣根から子供さんたちを逃がしてください。私たちが責任をもって育てますから」

と親切に言われた。

ありがたいことと感謝はしたが、それが現実となったときのことを想像し

て、幸子はうち震えて泣いた。

しばらく、ソ連軍からは何も伝えてこなかったが、八月十八日の朝、いきなりソ連兵がやって来て、杉原だけを応接室に呼んだ。武官補はすっかりしょげて小さくなっているので、幸子は怖くなって子供たちをそばに抱き寄せた。

やがてソ連兵は引き上げ、杉原が部屋から出てきた。

杉原は館員を前に、

「私たちはこれからブカレストの郊外にあるルーマニア軍の兵営に移ります。公使館を閉めますので、荷物をまとめてください」

と告げた。

幸子は、恐れていたシベリアでないことにほっとして、隣家の夫人に事情を伝えた。

やがて一行はソ連軍の用意したトラックに乗り込んだ。

隣家の夫人はトラックの影が見えなくなるまで、庭で手を振っていた。

ルーマニア軍の兵営には、イタリアの外交団やドイツの捕虜もおり、日・独・伊の敗れた国の人々が顔をそろえた。

兵営の暮らしは窮屈だったが、比較的自由はあった。

ひと月、ふた月と時がたつと、次はどこへ連れて行かれるのかという不安に襲われた。

季節は冬になった。クリスマス・イブの夜、杉原一家にとって驚きの訪問客があった。

ブカレスト公使館の隣家の夫人が兵営にクリスマス・ケーキを持って訪ねて来てくれたのだ。

「クリスマス・イブとはいっても、ここでは何もないでしょうから。子供さんが可愛そうで……」

寒さに凍った睫毛を払いながら、そう言って夫人は微笑んだ。

こんなに遠くまで、しかも雪の中を。夫人の心遣いがありがたかった。

翌、昭和二十一年（一九四六）の十二月、兵営に軟禁されてから一年三か月がたったある日。

突然ソ連の将校が兵営にやって来た。その将校は杉原に、

「あなた方を日本に帰国させることになりました。明日の朝、迎えに来ますので準備してください」

と告げた。

杉原の家族と館員たちは、監視役のソ連兵と一緒に貨物列車に乗り込み、ブカレストの町を離れた。

ヨーロッパ各国の大使や公使、館員たちの中で、日本への引き上げが最後となったのが、杉原の家族らブカレストの館員たちだった。

窓の外は一面の雪景色である。

一行は列車やトラックを乗り継ぎ、収容所のような建物で数日過ごしては、また移動をくり返しながら、雪原を幾日も走り続けた。

白一色の無機質なシベリアの風景は、方向感覚さえ奪ってしまう。

ほんとうに日本へ帰ることができるのだろうか。シベリアの奥地へ奥地へと向かっているのではないか。

幸子はそう思うと、また不安になった。

ぼんやりと窓の外をながめているとき、幸子の目に人影が映った。

そう思って目を凝らして見ると、雪原の中で丸太を担いで作業している大勢の日本人の姿が目に映った。

（幻覚かしら……）

（パパ！　日本人よ）

幸子は思わず大声を上げた。

丸太を担いでいるのは、ソ連軍によって満州から連れてこられ、強制労働させられている日本兵の捕虜だった。

彼らは、極寒のなかで過酷な労働を強いられている。

「やはり、満州に侵攻したソ連軍が、大勢の日本人捕虜をシベリアに連行したという情報はほんとうだった。するとここはもうナホトカあたりだね」

杉原が、小さな声で幸子に言った。杉原の言うとおり、列車はナホトカに着き、一行は大きな収容所に入れられた。ここでまた数日を過ごすのだろう。

隣の建物は鉄条網で囲まれた収容所で、そこが満州から連行されてきた日本兵捕虜の収容所であることは、あとでわかった。

杉原たちは、この収容所にひと月ほど足止めされた。

この間、杉原は毎日ソ連兵に呼び出され、ソ連軍将校と日本人捕虜との通訳をさせられた。

一方、幸子と妹の節子（せつこ）は、ソ連兵にみつからないよう、食料やタバコを鉄条網のそばまでこっそり運び、日本兵に分け与えた。

その中の兵隊が、

「日本へ帰る船の順番を待っているが、船に乗れる数が少ないから、いつ順番が回ってくるかわからない」

と、頬（ほお）の削（そ）げた顔で力なく言った。

幸子は、

「きっと帰れます。その日まで、お体に気をつけて……」

と言うのが精一杯だった。

一行の中にいる武官補は、とうとう日本兵と顔を合わせることはなかった。

ここに一通の手記がある。

この手記は、シベリア抑留体験者が最近、ある機関誌に寄稿したものだ。

──終戦により武装解除の後、投降した日本人捕虜たちがソ連によってシベリアの各地に移送隔離され、長期にわたり労働者として抑留されたことが一般的に「シベリア抑留」といわれている。

私も捕虜として収監され、厳寒の苛烈(かれつ)な環境の中で強制労働を強(し)いられた一人であるが、幸いにも無事帰国することができた。今年九十歳の卒寿(そつじゅ)を迎えるにあたり、記憶を思い起こし、断片的ではあるが、当時の体験を皆様に伝えたくて筆を執(と)った

──運命の八月十五日は、帰国途上の朝鮮定平(テイヘイ)で迎えた。その日のうちに旅団司令部から「重要秘密書類の焼却処分と武器の回収」命令が伝達されたが、予想もしない事態に部隊は混乱状態に陥った

──翌日には新たな命令が発せられ、下士官以下二〇〇〇名は四キロ先にある富坪(フーヒョウ)の陸軍兵舎への移動を命じられた。富坪は帰国待機のための集結場

所として使用されており、日ごとに人員が増え、九月中頃には兵隊、民間人ら合わせて二万人でひしめき合っていた

——十月に入り、部隊は分散され、シベリア各地の収容所に送られることになった。我々三〇〇名は、マンゴー収容所への収監が決まり、朝鮮の興南港から船でウラジオストックへ、そこからは貨車に詰め込まれイマンへと移送された。イマン駅から収容所のあるマンゴーまでは徒歩による移動で、三日がかりでやっと到着した。日付は既に終戦から二ヶ月が経過し、十月も半ばほどを過ぎていた

——入所にあたってはソ連兵による所持品検査があり、身につけているもの以外は全て没収された。ここでの作業は、松の木を切り倒し、四メートルの長さに切り分け、それを川岸まで運ぶといったものであった。冬のシベリアは外気温が零下四〇℃と、極寒の地そのものであり、食事は三度与えられたが、コーリャンスープに黒パンと、飢えを凌げる程度のもので、栄養失調に

なり体調を壊す者も少なくなかった。劣悪な環境下、十分な食事も与えられない中での重労働は過酷を極めた

――シベリアにも遅い夏が訪れ、やっと寒さから解放されたかと安心したのも束の間、それに変わる大敵は蚊の大軍の発生である。蚊はマラリア熱を媒介し、これに冒される者が続出し、私も早々に罹患した。やっと平熱に戻ったものの、体力の回復を図るための軽作業任務は、栄養失調やマラリアで死亡した捕虜らの死体処理作業であった。

マラリアもほぼ完治し、再び収容所に収監されることになったが、元の収容所には戻れないという決まりがあり、新たな施設はサンドワークの収容所が指定された。ここでの作業は道路建設であったが、入所した翌日、またも発熱し、今度はパラチフスと診断された。食欲は全くなく、一日に二〇回以上もトイレ通いを繰り返すなど、衰弱が酷く、高熱で意識がもうろうとする日々が続いた。

後日、同僚から伝え聞いた話であるが、ある晩、私は水筒をぶら下げて病

室を出て行った。見つけた同僚が連れ戻し理由を尋ねると、「内地から皇后陛下がシベリアまで私達を迎えに来るというので、お出迎えに行くところだった」と応えたそうである。高熱により相当に精神的ダメージを受けていたものと考えられる

（『終戦そしてシベリア抑留』より抜粋）

杉原一家が移送されるシベリア鉄道の車窓から見た光景は、まさにシベリアに抑留されたそんな日本兵たちの、痛々しい姿だった。

昭和二十年八月六日、広島に原爆が投下された。そして三日後の九日、こんどは長崎にも原爆が落とされた。

その前日の八月八日、突如、ソ連が日本に宣戦布告したのだ。これは、傷つき倒れた国への宣戦布告だった。

日本とソ連は、昭和十六年に「日ソ中立条約」を結んでいた。

ところが、昭和二十年二月に行われた「ヤルタ会談」に出席したアメリカの

ローズベルト、イギリスのチャーチル、ソ連のスターリンは、ソ連の対日参戦などについての秘密協定を結んでいた。

この秘密協定によって、ソ連は四月、一方的に日ソ中立条約の破棄を日本に通告してきた。

日ソ中立条約の内容は、どちらか一方の国が条約の中止(破棄)を通告しても、条約自体の効力は、通告から一年間は有効となっているから、ソ連の宣戦布告は明らかに条約違反だった。

長崎に原爆が投下された日の午前〇時を期して、ソ連の極東軍が満州国とソビエトの国境を越え、さらに南樺太(みなみからふと)、千島(ちしま)列島に侵攻してきた。

その最大兵力は、戦車五千輌、飛行機五千機、火砲二万四千門、兵員百七十四万人という、驚くべき戦力だった。

これに対する関東軍(かんとうぐん)は、その戦力の大半を南洋諸島に送っていたから、総兵力はソ連の十分の一にも満たなかった。

八月十五日、終戦の詔勅(しょうちょく)が放送されたため、関東軍総司令官山田乙三(やまだおとぞう)は、全軍に停戦命令を発した。

日本軍の武装解除をすすめたソ連軍は、関東軍兵士と北緯三十八度以北の朝鮮残留日本軍兵士と民間人男性およそ六十万人以上を、シベリアに抑留した。抑留された日本人は、それから数年にわたって、シベリアを中心に鉄道や道路建設、森林伐採や鉱山労働など、劣悪な環境のもとで、重労働を強いられた。

二十七万人ともいわれる満州開拓団の民間人は、ソ連軍侵攻と同時に着のみ着のままで南に逃散したが、中には、ソ連軍と中国人ゲリラに襲われ、千数百人が自決するという痛ましい事件も起きた。

昭和二十二年（一九四七）二月、杉原たち一行はナホトカからウラジオストクまで船で行き、そこから興安丸（こうあんまる）に乗り込んで、ようやく博多に上陸した。厳冬のシベリアを無事に横断し、帰国することができたのだ。

太平洋戦争に敗れた日本は、アメリカ（連合国軍）の占領統治を受けることになった。

連合国軍最高司令官のダグラス・マッカーサーは日本に乗り込むと、まず、日本国政府の縮小を強要した。

外務省も例外ではなく、大量の職員が免職された。

帰国後、外務省に復帰していた杉原も、免職された職員の中にいた。

杉原の免職理由が、外交官として本省の命令に背いたという服務違反で、懲戒処分の対象とされたのかどうかは定かではない。

元外務省官僚は、「(杉原を)クビにしたのは私です。日本国を代表もしていない一役人が、こんな重大な決断をするなど、もっての外であり、絶対、組織として許せない」と述べている。

一方で、「杉原がユダヤ人に親切だったことは、日本がヒトラーと重要な一線を画していたことになり、それを戦後、世界中にアピールできることは、大きな外交資産だったはずです」との意見もある。

いずれにしても、帰国した年の六月に杉原は外務省を免職された。

その後の杉原は、職を転々としていたが、得意なロシア語を活かすため、貿易会社に就職し、昭和三十五年(一九六〇)には現地の事務所長代理として、モスクワに赴任した。

モスクワと東京を行き来していた杉原がたまたま東京にいた、昭和四十三年（一九六八）八月のある日、在日イスラエル大使館から杉原のもとに電話がかかってきた。

用件は、麴町（こうじまち）にあるイスラエル大使館まで来てほしいというものだったから、杉原はすぐに大使館に向かった。

大使館では、ニシュリという参事官が杉原を待っていた。

応接間のテーブルを挟んで向かい合ったニシュリ参事官は、古びた紙切れを杉原に見せながら、

「スギハラさん、これを覚えておられますか」

と聞いた。

「あっ！　これは……」

杉原にはたしかに覚えがあった。

その紙切れは、二十八年前にカウナスの領事館時代に自分がユダヤ人難民たちに書いて与えたビザだった。

「これはたしか……」

「そうです。これはあなたにいただいた日本の通過ビザです。私の命のビザです」

と、ニシュリ参事官は目を潤ませて言う。

「スギハラさん、私はあなたとの約束をようやく果たせました」

「私との約束、でしょうか？」

「はい、そうです。覚えていらっしゃいませんか。私はカウナスの駅からベルリンに向かうあなたを、ホームで見送りました。そして、あなたと約束しました。いつか必ずあなたにお会いすると」

「では、あのとき走る列車を追いかけてきた人、あなたがあのときの……」

「覚えていてくださいましたね。そうです、列車の窓から手を振るあなたを追いかけました。追いかけながら約束しました」

杉原の目に泪があふれた。

「よかった、ほんとうによかった……」

ふたりは固く手をとり合った。

杉原は外務省を辞めたあと、外交官時代のことや、ましてユダヤ人難民へのビザ発給のことは、周囲の人たちにまったく語らなかった。
いま、ようやく自分のやったことが報われたと感じ、苦労をかけた妻や子供たちに心から感謝した。

（完）

あとがき

犬猿の仲だったはずの、ナチズムとコミュニズムが手を結び、ヒトラーとスターリンが強権を発動した。

東ヨーロッパの小国はつぎつぎと両国に呑みこまれていく。

外交官の杉原千畝氏は、ちょうどその頃、ヨーロッパの小国の一つであるリトアニアのカウナスに領事代理として赴任した。

ところが、ナチスに追われたポーランドのユダヤ人難民が、ある日、とつぜん日本の通過ビザを求めて日本領事館に押しかけてきた。

彼らは、シベリア鉄道でウラジオストクを経由して日本に行き、そこから新天地となるアメリカ大陸へ渡るという。

杉原氏は本国外務省に対し、ユダヤ人難民の扱いについて指示を仰ぎ、ビザ発給の許可を求めたが、外務省の回答は「行先国の入国許可のない者、充分な旅費のない者にはビザを発給してはならない」というものだった。

杉原氏の目の前には、ナチスの手から命懸けで逃れ、疲れ果てたユダヤ人難民の姿があった。中には女性や子供もいる。そこには、生きるための最後の希望を託して日本領事館にやってきたユダヤ人難民の「現実」があった。

そんなユダヤ人難民の処遇について、ドイツと手を結んだ政府（外務省）の回答はあまりにも苛酷なものだった。

外務省とユダヤ人難民との狭間に立たされた杉原氏は悩み苦しむ。

彼らは、ビザが得られなければふたたび路頭に迷い、やがてナチスによって殺されてしまう運命にあった。

（あの人たちを見殺しにはできない！　ビザを発給しよう）

杉原千畝氏は悩んだ末に、一つの結論を導き出した。本国外務省の命令に背いてビザの発給を決断したのである。

――ユダヤ民族から、永遠の恨みを買ってまで、旅行書類の不備とか公安上の支障云々を口実に、ビーザを拒否してもかまわないとでもいうのか。それが果たして国益に叶うことだというのか？　苦慮の揚げ句、私はついに人道主義、博愛精神第一という結論を得ました。

（「杉原千畝氏手記」『決断・命のビザ』〈杉原幸子監修・渡辺勝正編著、大正出版〉）

杉原氏にビザを発給してもらったおよそ六千人のユダヤ人難民は、カウナスからモスクワを経てシベリア鉄道に乗り込んだ。

しかし、ユダヤ人難民の行く手にはつぎつぎと苦難が立ちはだかった。

・無事にモスクワを通過できるかどうか
・ウラジオストクで日本への渡航が許可されるかどうか
・短い日本での滞在期間中に行先国が決まるかどうか
・決まらなかったときの強制送還の恐怖

など、厳しい問題である。

ところが、そんなユダヤ人難民の窮状に手をさしのべる日本人がつぎつぎと現れた。

ユダヤ人難民たちのモスクワ通過のために外務省と掛け合った駐ソ大使建川（たてかわ）美次（よしつぐ）氏、日本への渡航に尽力したウラジオストク日本総領事代理の根井三郎（ねいさぶろう）

氏、敦賀上陸や滞在期間延長に尽力した孤高の学者小辻節三氏、陰ながら小辻氏を支援した外務大臣松岡洋右氏らである。

彼ら「五人のサムライ」たちが、わが身をかえりみずにユダヤ人難民の救済に動いた根底には、人道上の博愛精神があった。

すなわち、相手の立場に立ってものを考えようとする、やさしさと思いやりである。

東日本大震災のおり、被災地のとある体育館で、ひとりの中学生が雑用に駆け回っていた。

「どうしてそんなに明るいの」

と聞かれた少年は、

「三月十一日まで僕は悪ガキだった。あのときから、みんなが他人のために一生懸命やっている姿を見た。雑用でも、僕が走り回って喜んでいる人がいたから、こんな嬉しいことはなかった」

そう答えた。

この光景に作家の童門冬二(どうもんふゆじ)氏は、「この中学生の根底にあるものこそ恕(じょ)の精神である」と述べておられる。

恕の精神とは、人を慈(いつく)しみ、思いやりの心をもつことである(『論語』)。日本人の文化ともいえる「恕の精神」を、私たちは社会でも学校でも家庭でも、もっともっと大切にしたいものだ。

執筆にあたり、ロシア史研究家の川村秀氏には多大なご教示を得た。川村氏は、杉原千畝氏がモスクワの川上貿易株式会社と蝶理株式会社事務所長時代の部下であり、川村氏が結婚のおりには証人(立会人)をつとめてくれたという。今日では、杉原千畝氏をもっともよく知る一人である。そのうえ、本書の解説を書いていただいた。心より感謝申し上げる。

平成二十七年七月

著者　櫻田啓

引用・参考文献

『杉原千畝物語――命のビザをありがとう』杉原幸子／杉原弘樹著　金の星社
『総力特集／杉原千畝とサムライたち』歴史街道（２０１３・11月号）ＰＨＰ研究所
『海軍散華の美学』春山和典著　月刊ペン社
『ワシントンの櫻の下』春山和典著　さがみや書店
『真相・杉原ビザ』渡辺勝正著　大正出版
『杉原千畝の悲劇』渡辺勝正著　大正出版
『決断・命のビザ』杉原幸子監修／渡辺勝正著　大正出版
『杉原千畝と日本の外務省』杉原誠四郎著　大正出版
『諜報の天才・杉原千畝』白石仁章著　新潮社
『バルト海のほとりにて――武官の妻の大東亜戦争』小野寺百合子著　共同通信社
『河豚計画』Ｍ・トケイヤー／Ｍ・シュオーツ著　加藤明彦訳　日本ブリタニカ
『欺かれた歴史――松岡洋右と三国同盟の裏面』斎藤良衛著　中公文庫
『図説太平洋戦争』池田清著　ふくろうの本
『杉原千畝と命のビザ――シベリアを越えて』寿福滋撮影　サンライズ出版

解説

川村　秀

NHKのテレビドラマ『坂の上の雲』でヒーローの一人となった広瀬武夫海軍中佐にかんする評伝は数多いが、昭和の名著といわれる、故島田謹二著『ロシヤにおける広瀬武夫―武骨天使伝』(朝日新聞社)と並んで、櫻田啓氏の『広瀬武夫―旅順に散った「海のサムライ」』(PHP研究所)を私は気に入っていた。そのため同氏から杉原千畝氏について評伝を書くことを知らされた時、私のモスクワ駐在員時代の上司であり、亡き妻エレーナとの結婚に際し立合人(日本でいう仲人)を務めてくれた杉原千畝氏の人間像を、期待通り描いてくれることを疑わなかった。

櫻田氏は二〇一〇年、大分県竹田市で開催された嚶鳴フォーラム以来の友人であるが、このフォーラムで広瀬武夫について記念講演された作家の童門冬二（どうもんふゆじ）氏に師事されており、日本史上の人物をテーマに『青の洞門』（教育システム）、『幻のジパング―大友宗麟（ドン・フランシスコ）の生涯』（文芸社）、『祇園の女狐（めぎつね）―井伊直弼の密偵・村山たか』（PHP研究所）、『鬼玄蕃（げんば）と虎姫―初代金沢城主・佐久間盛政』（SAIKI）、『殺意の赤い実』（PHP文芸文庫）などの他、「戦国風雲児―松平忠直」「義経流浪記」「鎌倉物語―終戦秘話」「江戸の幕引き―歌舞伎同心立花右京」などの連載作品も書かれている、優れた作家である。

私は、去る六月五日～十四日までモスクワで開催された第五回〈ART－FOOTBALL〉祭典（※十六ヶ国の芸能人によるサッカーとコンサートの世界選手権大会）に、日本チーム（総勢三十名）の副代表として訪ロした。その際、用意していただいた初校ゲラを持参し、眼を通しておどろいた。

主人公・杉原千畝氏の描写が予想通り活き活きと描かれ、面白く読ませるだけでなく、一九三〇年代初頭以降の日本をめぐる世界情勢が詳しく述べられていた。

さらに杉原氏の〈命のビザ〉だけではユダヤ難民がウラジオストックで日本

行きの便に乗船は出来ず、また十日間有効の通過ビザでは日本入国後、次の行先国への出国までの滞在延長と生活維持もされ得ず、根井三郎ウラジオストック総領事代理、ユダヤ問題専門家・小辻節三教授の命を賭けた人道的献身があって初めて「ユダヤ難民救助」が実現可能になったこと。しかも、モスクワの建川美次駐ソ大使の本省に対する抗議、時の松岡洋右外務大臣が個人として小辻氏に貴重な助言を与えたことで、ユダヤ難民の日本滞在が、全員出国まで必要なだけ延長された真相が描かれていた。それだけでなく、第二次世界大戦秘話ともいうべき、ワシントンで客死した齋藤博駐米大使とローズベルト大統領の非公表会談記録や山本五十六提督との知られざるかかわりにかんする史実が、初めて明らかにされていたからである。

まさに第二次世界大戦終結七十周年にふさわしい著作となった。特に若い世代の方々にぜひ読んでほしい本である。いまの「日本史」の授業は「明治維新」前後でおわってしまうといわれており、日本軍の侵略の歴史から始める教育を受けた中国の青年から議論をされても、日本の青年は答えることが出来ないと、かねがねいわれているのが現状だからである。

外務省の公式見解によると、杉原氏を戦後解雇したのは「人員整理」のためというものであった。しかし、その後、帰国したロシア語要員が復職しているので「理由」にならない。

一九四〇年（昭和十五年）杉原氏のビザによって命を救われ、米国に安住の地を見出したユダヤ難民の人々は〈命の恩人〉を懸命に探し、『講和後、初代の駐米日本大使にスギハラさんを！』と真剣に呼びかけ、キャンペーンを続けた。しかし、日本外務省に「カウナスの杉原センポ領事の所在」を問い合わせても「そのような人物はいない」との回答だったと伝えられている。

米国におけるユダヤ系市民・団体の国政に対する影響力の大きなことは、素人でも判ることである。米軍に占領されるという歴史上かつてない敗戦国の屈辱的な状況下で、極東軍事裁判では折しも「南京事件」の追及が始まった時期であれば、救世主ともいうべき杉原氏を起用し、大使でも外務大臣でも、ユダヤ難民が望むポストを用意するのが国益に叶う方策ではなかったろうかと思う。実際、もし杉原氏が外務省に残って対米交渉の窓口にいたら、戦後の日米関係は全く異なる展開をしたことは確かである。

日本はその逆を選択した。

杉原氏解雇の本当の理由は、本書で明らかにされている。ナチス・ドイツが対ソ進攻「バルバロッサ作戦」を秘匿するため、カイテル元帥が下した「ドイツは英国に進攻すると敵国に信じさせる偽情報作戦」に、ベルリンの日本大使館はだまされた。ケーニヒスベルクから度々大島浩大使にベルリンへ呼び寄せられた杉原氏は、毎回「ドイツは東（ソ連）に向かう」と現地の軍事情報を基に強調したにも拘らず、エリート外務官僚は誤った情報判断を東京に送り続けた。そのため、戦後杉原千畝氏が外務省に残ることは、彼等の立身出世の邪魔となったからと考えられる。

同様に、真珠湾攻撃のあとに「最後通告」を米国務省に提出し、〈日本のだまし討ち〉という国辱の原因をつくった、当時のワシントン日本大使館の直接責任者である井口貞夫と奥村勝蔵書記官は、戦後外務省を離れていたが、杉原千畝氏に解雇を言い渡した岡崎勝男外務次官が外務大臣となる占領解除前後に、二人とも呼び戻され、のちに外務次官に就任している。また、ベルリン日本大使館員だった新関欽哉は駐ソ大使となり、加瀬俊一は初代国連大使となるなど、戦後七十年に当たり、日本外交人事の流れを振り返ってみる必要があろう。

一九四五年二月のヤルタ会談で「ドイツ降伏三ヶ月後に対日参戦する」ことをスターリンは約束した。小野寺信（おのでらまこと）駐スウェーデン陸軍武官他ヨーロッパ駐在の日本の外交官や武官は、いち早くこの情報を東京の参謀本部や外務省に緊急電で知らせた。そのことを解読した記録が英国に残されているにも拘らず、東京には受信記録が存在しない。ソ連KGBの対日防諜部局の責任者（大佐）だったアレクセイ・キリチェンコ博士（『知られざる日露の二百年』〈現代思潮新社〉の著者）は、「無電が届かないことはあり得ない」と証言しており、受信後、参謀本部や外務省で握りつぶされたことは明らかになっている。

そもそも一九一六年七月三日にペトログラード（現在のサンクト・ペテルブルグ）で日本の本野一郎（もとのいちろう）大使とサゾーノフ帝政ロシア外相によって調印された「日露政治・軍事協力秘密条約」（本文フランス語）に重大な危機感を抱いた米国は、同国に亡命中のトロツキー以下のロシア革命家たちを大量にロシアに帰国させ、帝政ロシアを倒すことに成功する。言い換えれば、「ソ連」の誕生は日露同盟を破壊することを第一の使命にして実行された。それを指導したリーダーたちは、レーニン、トロツキー以下ユダヤ人革命家だったが、死去、あるいはスターリン、ベリヤ他グルジア人指導者による「血の粛清(しゅくせい)」でほとんど姿を消した。スターリンらは日本研究学者を憎悪し、コンラッド教授は禁固五年、ニコライ・ネフスキーは日本人妻の萬谷磯子ともどもスパイとして銃殺された。このような対日憎悪の国ソ連に和平あっせんの望みを託した日本政府首脳の歴史認識のなさは、関東軍六十万将兵の「シベリア抑留」(実際はソ連全土。一部はモンゴルと中国)や、国民に多大の苦難をもたらすこととなる。

去る六月十二日、私はモスクワで旧知のイリヤ・アレクサンドロビッチ・アルトマン教授(ホロコースト研究教育センター共同議長、ロシア国立人文科学大学教授、ロシアホロコースト博物館責任者)と会見し、本書の準備状況を報告した。アルトマン教授からは、十月十七日からエルサレムのヤド・ヴァシェム(ホロコースト博物館)で開催される国際会議出席と、十一月に予定されるアルトマン教授の再度の訪日が有意義な成果をあげられるよう協力を要請された。

何よりも、その前に出版される本書をモスクワとエルサレムの「ホロコースト博物館」に届けることが出来れば幸いである。

杉原千畝氏を含む五人のサムライについて、ロシア、イスラエル、全世界の人々に知ってもらえるよう、アルトマン教授やキリチェンコ博士他善意の人々に呼びかけていきたいと考えている。

（日露文化センター共同代表）

二〇一五年六月三十日

杉原千畝略年表

年号	杉原千畝年表	年齢	世界の出来事
明治三十三年（一九〇〇）	一月一日、岐阜県加茂郡八百津町にて生誕	0	
大正三年（一九一四）		14	一月、「シーメンス事件」発覚 三月、第一次山本権兵衛内閣総辞職 七月、第一次世界大戦勃発 八月、日本がドイツに宣戦布告
大正六年（一九一七）	愛知県立第五中学校卒業、京城へ転居	17	
大正七年（一九一八）	京城より東京へ 早稲田大学高等師範部英語科入学	18	八月、日本がシベリア出兵 十一月、第一次世界大戦終結
大正八年（一九一九）	早稲田大学中退 外務省留学生試験合格 十月、日露協会学校ロシア語科入学	19	六月、ベルサイユ条約調印
大正九年（一九二〇）	京城府龍山歩兵七十九連隊入営（一年志願兵）	20	一月、国際連盟発足
大正十一年（一九二二）		22	四月、ワシントン海軍軍縮会議「5・5・3条約」調印 十二月、ソビエト社会主義共和国連邦成立
大正十三年（一九二四）	外務省書記生に採用 ハルビン総領事館勤務 白系ロシア人女性と結婚	24	

年号	杉原千畝年表	年齢	世界の出来事
大正十五年（一九二六）	『ソヴィエト聯邦國民經濟大觀』を発表、外務省から発行される 日露協会学校（ハルビン学院）講師就任	26	
昭和四年（一九二九）			十月、金融大恐慌起こる
昭和五年（一九三〇）			一月～四月、ロンドン海軍軍縮会議
昭和七年（一九三二）	満州国政府外交部特派員に就任	32	三月、満州国建国 五月、「五・一五事件」
昭和八年（一九三三）	満州国政府書記官に就任 東清鉄道の対ソ交渉	33	一月、ドイツ・ヒットラー内閣誕生 三月、日本が国際連盟脱退を表明 十月、ドイツが国際連盟脱退を表明
昭和九年（一九三四）	満州国政府外交部政務局ロシア科長兼計画科長に任命される	34	
昭和十年（一九三五）	東清鉄道譲受交渉担当官として対ソ連交渉を日本側有利に解決する 満州国政府外交部依願退官 帰国 外務省大臣官房人事課・情報課勤務となる	35	

昭和十一年（一九三六）	日ロ漁業交渉の通訳官としてペトロパブロフスクに赴任 モスクワの日本大使館二等通訳官の発令 菊池幸子と結婚 長男弘樹誕生	36	二月、「二・二六事件」 十一月、「日独防共協定」成立 ↓ 翌年、「日独伊防共協定」成立
昭和十二年（一九三七）	ソ連より杉原にペルソナ・ノン・グラータが発動され、入国拒否通告を受ける フィンランドのヘルシンキの日本公使館勤務	37	七月、「盧溝橋事件」勃発 日中戦争突入 日本軍が南京を占領 十二月、ハルビンで「第一回極東ユダヤ人大会」
昭和十三年（一九三八）	十月、二男千暁誕生	38	三月、「オトポール事件」 七月、「張鼓峰事件」 日ソ両軍が武力衝突
昭和十四年（一九三九）	十一月、リトアニアのカウナスに日本領事館開設、領事代理に就任	39	五月～九月、「ノモンハン事件」 日ソ両軍が武力衝突 九月、ドイツがポーランド侵攻 イギリス・フランスがドイツに宣戦布告 ソ連がポーランド侵攻 第二次世界大戦へ発展

年号	杉原千畝年表	年齢	世界の出来事
昭和十五年（一九四〇）	五月、三男晴生誕生 七月、ユダヤ人難民が日本領事館に押し寄せる ユダヤ人難民に日本通過ビザを発給する 八月、カウナスの日本領事館閉鎖 九月、カウナス駅より国際列車で撤退 ベルリン経由でチェコスロバキアのプラハの日本総領事館に着任、総領事代理に就任	40	一月、「日米通商航海条約」失効 ※日本の要請に米国は更新を拒否 五月～六月、ドイツがオランダ、フランスを占領 六月、イタリアがイギリス・フランスに宣戦布告 七月、ソ連がバルト三国（エストニア・ラトビア・リトアニア）占領 九月、日本軍が北部仏印（インドシナ）に進駐 九月二十七日、「日独伊三国同盟」締結 ※日本は戦時体制へ突入
昭和十六年（一九四一）	三月、ドイツ領東プロイセンのケーニヒスベルクの日本総領事館勤務となる 十二月、ルーマニアのブカレストの日本公使館勤務となる	41	四月、「日ソ中立条約」成立 十月、「ゾルゲ事件」 十二月八日、日本海軍がハワイの真珠湾を攻撃 ※太平洋戦争勃発
昭和十七年（一九四二）		42	六月、ミッドウェー海戦に敗れる 八月、連合軍がガダルカナル島に上陸 ※アウシュビッツ収容所でユダヤ人虐殺が本格化する

昭和十八年（一九四三）		43	四月十八日、連合艦隊司令長官山本五十六大将戦死 九月、イタリア降伏 十月、学徒出陣
昭和十九年（一九四四）	勲五等瑞宝章受章	44	六月六日、連合軍がノルマンディーに上陸 七月、サイパン島玉砕 東條内閣総辞職 十月、レイテ沖海戦
昭和二十年（一九四五）	七月、ブカレストに戻り、ソ連軍によってブカレスト郊外のゲンチャ捕虜収容所に連行される	45	二月、アメリカ軍が硫黄島に上陸 三月、アメリカ軍機が東京空襲 四月、アメリカ軍が沖縄に上陸 五月、ヒットラー自殺 ドイツが無条件降伏 八月六日、広島に原爆投下 八月八日、ソ連が日本に宣戦布告 八月九日、長崎に原爆投下 八月十五日、日本降伏、ポツダム宣言受諾
昭和二十一年（一九四六）	十二月、帰国のため、ブカレストからシベリア鉄道に乗る	46	五月〜十一月、極東国際軍事裁判（東京裁判） ※二十八人のA級戦犯
昭和二十二年（一九四七）	二月、ウラジオストックから興安丸で博多へ、十年ぶりに帰国 六月、外務省退職 三男晴生死亡	47	

年号	杉原千畝年表	年齢	世界の出来事
昭和二十三年（一九四八）		48	五月、イスラエル建国
昭和二十四年（一九四九）	四男伸生誕生	49	
昭和三十五年（一九六〇）	五月、川上貿易のモスクワ事務所長代理としてモスクワへ（六十歳）	60	
昭和三十九年（一九六四）		64	十月十日～二十四日、東京オリンピック開催（終戦から十九年目の年）
昭和四十三年（一九六八）	八月、在日イスラエル大使館で、参事官のニシュリ（カナウス駅に見送りに来たユダヤ青年）と再会する	68	
昭和四十四年（一九六九）	九月、イスラエル政府に招かれ、バルハティック宗教大臣（カウナス領事館に押し寄せたユダヤ人難民の代表）と再会	69	
昭和六十年（一九八五）	一月、イスラエル政府から『諸国民の中の正義の人賞』（ヤド・バシェム賞）を贈られる	85	
昭和六十一年（一九八六）	七月三十一日、鎌倉の自宅にて永眠	86	

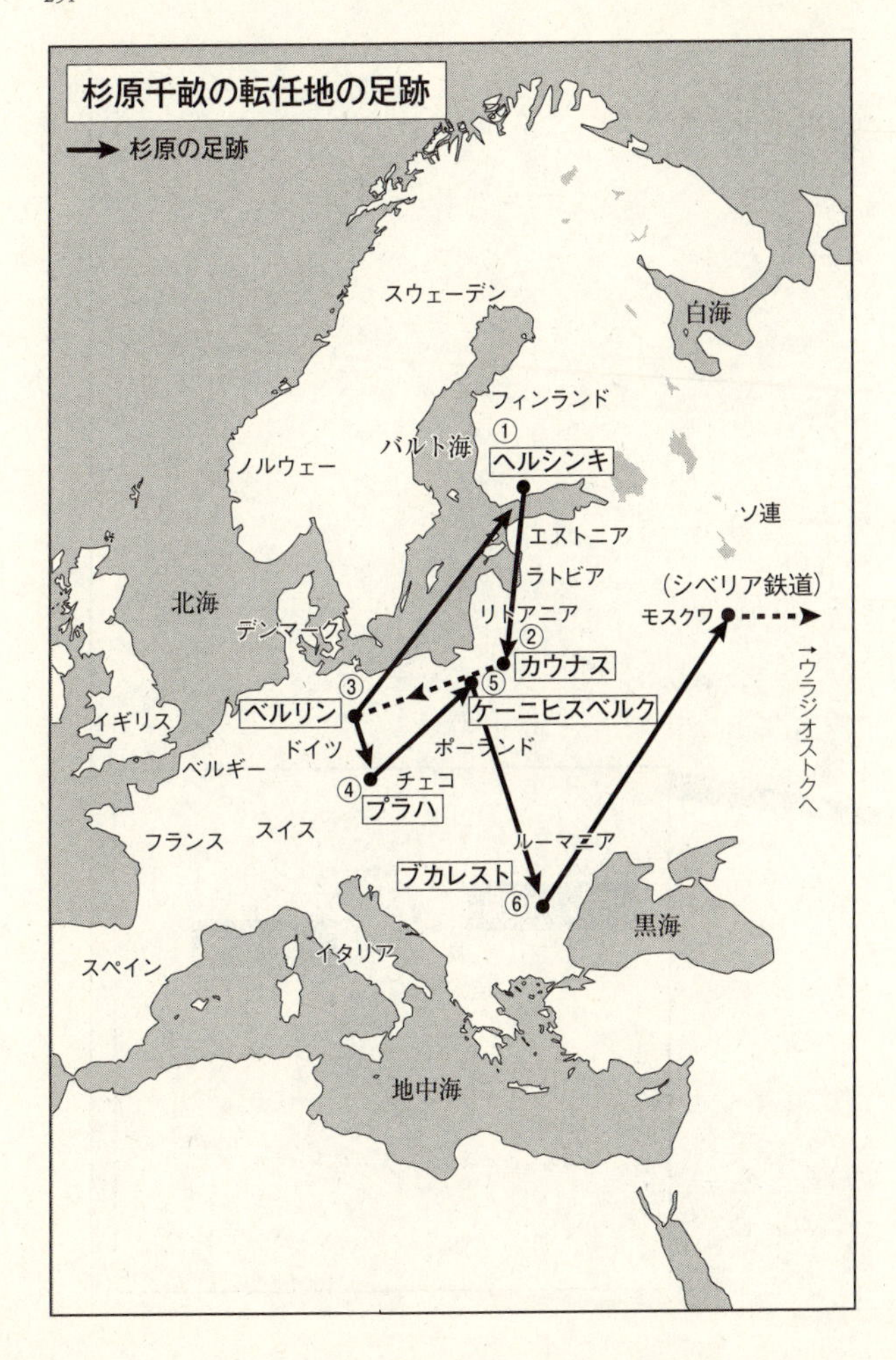
杉原千畝の転任地の足跡
杉原の足跡
スウェーデン
白海
フィンランド
①
ヘルシンキ
バルト海
ノルウェー
ソ連
エストニア
ラトビア
(シベリア鉄道)
北海
リトアニア
モスクワ
デンマーク
②
カウナス
→ウラジオストクへ
③
⑤
ベルリン
ケーニヒスベルク
イギリス
ドイツ
ポーランド
ベルギー
④
チェコ
プラハ
フランス
スイス
ルーマニア
ブカレスト
⑥
黒海
イタリア
スペイン
地中海

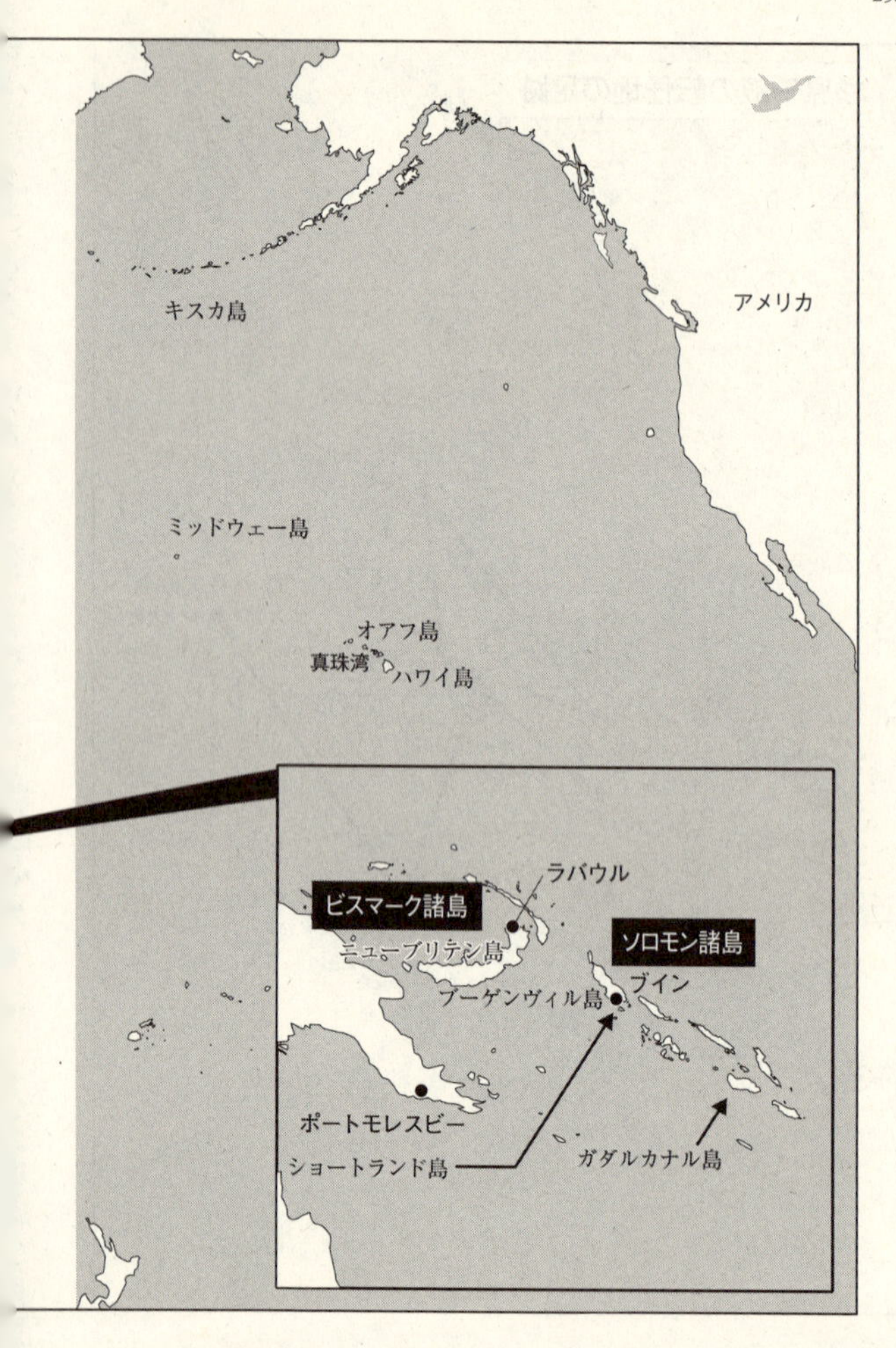
アメリカ
キスカ島
ミッドウェー島
オアフ島
真珠湾
ハワイ島
ラバウル
ビスマーク諸島
ニューブリテン島
ソロモン諸島
ブイン
ブーゲンヴィル島
ポートモレスビー
ショートランド島
ガダルカナル島

日本軍の南方作戦概要図
大日本帝国
満州
択捉島
単冠（ヒトカップ）湾
南雲忠一機動部隊出撃地
大日本帝国
広島湾 柱島
連合艦隊泊地
小笠原諸島
硫黄島
台湾
海南島
仏印インドシナ
フィリピン
マニラ
サイパン島
グァム島
パラオ諸島
トラック島
ボルネオ島
パプアニューギニア
インドネシア
シンガポール
オーストラリア

著者紹介
櫻田 啓（さくらだ　けい）
1947年、大分県九重町生まれ。専修大学法学部卒業。
（社）日本作家クラブ出版・編集委員。歴史・時代作家。
2000年10月に『青の洞門』（教育システム）で作家デビュー。
主な作品に、『幻のジパング―大友宗麟(ドン・フランシスコ)の生涯』（文芸社）、『広瀬武夫―旅順に散った「海のサムライ」』『祇園の女狐(めぎつね)―井伊直弼の密偵・村山たか』（以上、ＰＨＰ研究所）、『殺意の赤い実』（ＰＨＰ文芸文庫）、『鬼玄蕃と虎姫―初代金沢城主・佐久間盛政』（SAIKI）など。
連載作品に、『戦国風雲児―松平忠直』『義経流浪記』『鎌倉物語―終戦秘話』『江戸の幕引き―歌舞伎同心立花右京』など。

本書は、書き下ろし作品です。

PHP文庫 戦場の外交官
杉原千畝(すぎはらちうね)

2015年8月19日 第1版第1刷

著 者 櫻田 啓
発行者 小林成彦
発行所 株式会社PHP研究所
東京本部 〒135-8137 江東区豊洲5-6-52
文庫出版部 ☎03-3520-9617(編集)
普及一部 ☎03-3520-9630(販売)
京都本部 〒601-8411 京都市南区西九条北ノ内町11
PHP INTERFACE http://www.php.co.jp/
組 版 朝日メディアインターナショナル株式会社
印刷所
製本所 図書印刷株式会社

ISBN978-4-569-76404-7